Die Schlafsack-Clique 6

DAS GEHEIMNIS
DER ALTEN MÜHLE

D1728417

Die Schlafsack-Clique 6

DAS GEHEIMNIS
DER ALTEN MÜHLE

Sharon Siamon

www.funtasieclub.de

Titel der englischen Originalausgabe:
THE SILENT POOL
© 1998 by Sharon Siamon
Coverillustration: Colin Sullivan
Übersetzung: Cornelia Metzger

Für Amy

Anm. d. Autorin: *Der Rideau-Kanal zwischen Ottawa und Kingston, Ontario, ist dicht bevölkert mit Ausflugsbooten aus dem ganzen Nordwesten Amerikas. Als er 1832 gegraben wurde, galt er als eines der baulichen Wunderwerke des Jahrhunderts. Während der Bauarbeiten starben hunderte Menschen an Sumpffieber, Pocken oder durch Unfälle mit Schwarzpulver, und an lauen Sommerabenden erzählt man sich entlang seiner friedvollen Ufer noch etliche Geschichten.*

Herausgeber und Verlag:
*FUN*tasieClub, Stabenfeldt GmbH, München
Redaktion und DTP/Satz:
Stabenfeldt GmbH, München
Druck: AIT Trondheim, Norwegen 2002
ISBN 3-935583-67-2

Kapitel 1

„Das wird doch keine richtige Übernachtung auf diesem Boot", schrie Alex, um den Motorenlärm des Kabinenkreuzers zu übertönen. „Wir sind doch nicht einen Moment unter uns, wenn wir mit Charlies Eltern und ihrem kleinen Bruder in derselben engen Kabine schlafen!"

Bei einer richtigen Übernachtung waren die vier Freundinnen der Schlafsack-Clique unter sich: der große Rotschopf Alex, die stille, scheue Louise, die verträumte Jo und Charlie – lebhaft, dunkelhaarig, und immer hungrig! Wenn sie zusammen waren, konnte jede ganz sie selbst sein – sie konnten verrückte Sachen anstellen und alles sagen, was ihnen gerade so durch den Kopf ging. Sie waren die besten Freundinnen, und das schon seit der sechsten Klasse.

„Keine Angst!", rief Charlie zurück. „Heute Abend schlafen wir in einem Zelt, oben bei Murdock's Mills. Dort sind wir ganz unter uns!" Ihre funkelnden Augen blickten durch die Wildnis flussaufwärts. „Wartet mal ab, bis ihr erst den Friedhof seht!" Sie zeigte auf eine Ansammlung von Häusern bei der Schleuse direkt vor ihnen. „Der ist echt total abgefahren!"

Die vier drängten sich am Bug des Kabinenkreuzers, den Charlies Eltern für eine Reise durch eine Seenkette und reißende Flüsse gemietet hatten, die sich gen Norden erstreckten.

Wenige Minuten später erstarb das Dröhnen des Motors bis auf ein Brummen, als sie bei Murdocks Schleusen ankamen – zwei zusammenhängenden Wasserstufen, die sie auf die nächste Wasserhöhe befördern würden.

„Dürfen wir schnell an Land?", rief Charlie ihrem Vater zu, der in der Mitte des Bootes am Steuerrad stand. „Ich würde Jo, Alex und Louise gern den Friedhof zeigen."

„Seht zu, dass ihr wieder hier seid, wenn wir durch die Schleuse sind!" Charlies Vater dirigierte das Boot

6

zu einer Leiter, von der aus die vier Mädchen an Land hüpfen konnten.

„Werden wir!", versprach Charlie, als die vier über das junge grüne Gras des kleinen Parks neben der Schleuse davonflitzten.

„Wo ist denn der Friedhof?", schnaufte Jo, als Charlie sie vom Wasser weg einen steilen Feldweg hinaufführte. „Murdock's Mills sieht kaum wie eine Ortschaft aus."

„War's aber mal! Es gab hier vier Mühlen, mehrere Häuser und eine Kirche", rief Charlie zurück. „Ihr werdet schon sehen ...!"

Charlie blieb plötzlich stehen und verschwand in einem dichten Wall aus Geißblatt. In dem Gewirr von Stämmen war es dunkel und kühl. Die vier Mädchen wanden sich hindurch und fanden sich auf einem unkrautüberwucherten Friedhof wieder. Die flachen, weißen Grabsteine neigten sich windschief in sämtliche Richtungen.

Eine unheimliche Atmosphäre lag über dem Friedhof, so, als wartete etwas auf sie. Obwohl es noch früh am Abend war, lagen die Gräber bereits in tiefem Schatten.

Louise beugte sich herab und fuhr mit den Fingern über die verwitterte Inschrift auf einem der Steine. „Das Grab hier ist von einem Kind", sagte sie. „Sie wurde 1826 geboren und ist 1830 gestorben! Die Grabsteine sind echt alt."

„Was ist das dort für 'n großer Grabstein, der, der so

aussieht wie ein Bagel?", fragte Alex und zeigte auf einen flachen runden Stein mit einem Loch in der Mitte.

„Genau das wollte ich euch zeigen." Charlie rannte durch das hohe grüne Gras darauf zu. „Das ist ein alter Mühlstein, mit dem sie früher Mehl gemahlen haben. Darunter haben sie den Müller begraben!" Sie schob das Gras beiseite, um ihnen die Worte zu zeigen, die in die Oberfläche des Steins gemeißelt waren.

Hier liegt Samuel Murdock, verstorben am 15. Mai 1839 an Sumpffieber. Möge er in Frieden ruhen.

„Samuel Murdock war der erste Müller hier in dieser Gegend", erklärte Charlie. „Er hat Murdock's Mills aufgebaut."

„Ich krieg weiche Knie, wenn ich über Gräber laufe", sagte Alex. „Wenn man an die ganzen Leute denkt, die hier unter der Erde liegen – die vielen Toten überall ..."

Louise blickte sich nervös um. „Der Müller ist an Sumpffieber gestorben? Wovon kriegt man das denn?"

„Wenn man von einem Moskito gestochen wird, in sumpfigen Gegenden", sagte Charlie. „Als der Rideau-Wasserweg gebaut wurde, sind alle möglichen Leute gestorben. Aber Sam Murdocks Tod war wirklich tragisch. Der Schleusenwärter hat mir die ganze Geschichte erzählt, als wir letztes Jahr hier oben waren."

„Ist das die Geschichte, die du uns heute Abend erzählst?", wollte Alex wissen. „Du bist nämlich dran."

Bei den vier Freundinnen war es zur Tradition geworden, dass sie sich bei ihren gemeinsamen Übernachtungen die gruseligsten Geschichten erzählten, die sie kannten. Die Geschichten mussten wahr sein, etwas, das sie selbst erlebt oder von jemandem gehört hatten. Sich Geschichten zu erzählen war vor allem Jos Idee gewesen, und jetzt waren sie alle verrückt danach. Ohne eine haarsträubende Geistergeschichte wäre eine richtige Übernachtung undenkbar!

Louise schauderte. „Ich weiß nicht, ob mir eine Geschichte gefällt, die mit einem alten Friedhof anfängt."

„Klingt doch super!" Jos blaue Augen leuchteten. „Erst recht, wenn sie irgendwo an einem verlassenen Ort im Zelt erzählt wird."

„Kein Wort mehr!", sagte Louise fröstelnd. „Schauen wir uns lieber noch ein paar von den alten Grabsteinen an."

„Wir sollten zurückgehen und das Zelt aufbauen", sagte Charlie. „Und überhaupt, die wichtigste Person hier hat nicht mal einen Grabstein. Keiner weiß, wo sie begraben liegt."

„Wer war sie?", fragte Jo.

„Ihr Name war Maude Murdock", sagte Charlie. „Sie war die Tochter des Müllers."

„Warum hat sie keinen Grabstein?", fragte Alex.

Sie blickten alle auf ihre Füße hinunter und fragten

sich, ob sie wohl gerade auf einem nicht gekennzeichneten Grab standen.

„Ich erzähl's euch heute Abend", versprach Charlie. „Das gehört zur Geschichte dazu."

„Sie ist sicher ein Geist!", sagte Jo. „Ich wette, sie geht auf diesem Friedhof um!"

In dem Moment vernahmen sie einen Ruf von der Schleuse her.

„Das ist mein Dad", rief Charlie aus. „Jetzt sind sicher wir an der Reihe, durch die Schleuse zu fahren."

„Dein kleiner Bruder wird doch heute Abend nicht um unser Zelt rumschleichen und uns auf den Wecker fallen, oder?", fragte Alex, als sie den Weg hinunter in Richtung Schleuse rannten.

„Der nicht! Er hasst Moskitos. Und um diese Jahreszeit gibt es hier in den Wäldern Millionen davon – besonders abends", kicherte Charlie boshaft.

„Ich hab echt keine Lust, Sumpffieber zu kriegen!", maulte Louise.

Der Motor des Bootes heulte auf, als sie zurück auf das glänzende Deck hüpften. Charlie nahm einen Fender, damit das Boot nicht seitlich anstieß, als sie in die enge Schleusenkammer tuckerten.

Die dicken Steinwände schienen sie einzuschließen, während das Wasser um sie herum langsam anstieg. Es war klamm und kalt in der Schleuse, und alle fröstelten.

„Was ist das für ein altes Gebäude dort drüben?" Louise zeigte auf einen dreistöckigen Bau mit dicken

Steinmauern und kleinen Fenstern. „Es sieht so verlassen und ... traurig aus."

Das schmale, hohe Gebäude schien direkt aus dem Wasser zu wachsen.

„Richtig unheimlich, nicht?", sagte Charlie. „Und die Leute hier erzählen, dass es dort ebenfalls spukt."

Kapitel 2

„Das ist die Murdock-Mühle", sagte Charlie und wies auf das alte Steingebäude, das bedrohlich über der Schleuse aufragte. „Ihr wisst doch, der Grabstein des Müllers auf dem Friedhof? Das hier war seine Getreidemühle."

„Sieht richtig gruselig aus, so als würde sie über dem Mühlteich schweben", meinte Alex. „Wie wär's, wenn wir uns etwas umsehen, sobald wir unser Zelt aufgebaut haben?" Alle vier waren begeistert von dem Gedanken, dass sie weit weg vom Boot am Waldrand in einem Zelt übernachten durften.

„Wir können die Mühle gern bei Tag unter die Lupe nehmen, aber nach Einbruch der Dunkelheit kriegen mich keine zehn Pferde dort hin!" Charlie schüttelte ihren dunklen, glänzenden Schopf und ihre Augen funkelten geheimnisvoll.

„Warum nicht?", fragte Alex neugierig. „Hast du Angst, wir könnten in den Teich fallen?"

„Uuh! Mach darüber keine Witze – wenn du die Geschichte hörst, wirst du schon wissen, warum!"

Zwei Stunden später saßen die Mädchen im Schneidersitz vor ihrem Kuppelzelt. Hinter ihnen erhoben sich stumm die Kiefern wie große schwarze Türme, und die länger und länger werdenden Schatten der Bäume krochen wie lange, dünne Finger über den See, der vor ihnen lag.

Das Zelt stand auf einer Landspitze, dort, wo sich der Schleusenkanal in den Sand Lake ergoss. Alles war bereit für eine perfekte Übernachtung – Schlafsäcke, Laternen, Ersatzbatterien und eine Kühlbox mit allen erdenklichen Getränken und Knabbereien.

Die Kühlbox war Charlies Idee. Sie hatte ihre Lieblingssnacks gern griffbereit. Jetzt wühlte sie gerade mit der einen Hand in einer Kekstüte, in der anderen hatte sie eine Dose Cola.

Alex drehte sich um und blickte über die Schulter zu

der alten Mühle hin. Ihre hohen grauen Mauern spiegelten sich im stillen Wasser des Mühlteiches. „Okay, Charlie – bevor du zu vollgestopft bist, um noch zu reden, erzählst du uns besser die Geschichte über Murdock's Mills."

„Ein Mädchen, das Susan Murdock hieß, war die Letzte, die dort gewohnt hat." Charlie trank in großen Schlucken aus. „Die letzte Murdock in Murdock's Mills. Es ist wirklich ihre Geschichte ..." Sie biss ein großes Stück von einem Erdnussbutter-Schokoladenkeks ab.

„Ich bin einmal drin gewesen", fuhr sie kauend fort. „Ist ganz schön schaurig von innen. Im Esszimmerfußboden ist ein großes Loch. Man kann dort hinunterschauen und sehen, wie das Wasser durch das alte Getriebe der Mühle rauscht ... AUTSCH!" Charlie schlug nach einem Moskito an ihrem Hals und hatte einen Streifen Blut an ihrer Hand. „Er hat mich erwischt!"

„Das Ungeziefer wird echt lästig." Jo klatschte nach einem Moskito, der ihr ums Ohr sang. „Ich bin schon ganz zerstochen."

„Ich hab euch gewarnt", sagte Charlie. „Sobald die Sonne untergeht, fallen sie über einen her!"

„Wir gehen lieber zurück ins Zelt, bevor wir noch Sumpffieber kriegen!", meinte Louise erschauernd. „Dann kannst du die Geschichte von Murdock's Mills von Anfang an erzählen."

Charlie öffnete mit einer raschen Bewegung den

bogenförmigen Eingang des Zeltes. „Rein mit euch!",
befahl sie. „Schnell!"

Sie stürzten alle durch die Öffnung und Charlie zog
hinter ihnen den Reißverschluss gleich wieder zu. Sie
stopfte ein Stück einer Socke in das winzige Loch am
Ende des Verschlusses. „Es darf nicht eine Ritze offen
sein, wo sie durchkriechen können", schnaufte sie.

Während die anderen sich auf ihren Schlafsäcken
niederließen, kramte Charlie in ihrem Seesack und
brachte eine lange, flache Schachtel zum Vorschein.
„Kommt, wir spielen Scrabble, bis es dunkel ist. Im
Stockfinstern ist das Geschichtenerzählen viel schö-
ner!" Ihre schwarzen Augen glänzten geheimnisvoll.

„Hier, nehmt einen Buchstaben." Sie hielt ihnen die
Schachtel hin. „Der mit dem vordersten Buchstaben
im Alphabet fängt an."

Jo, Alex und Louise nahmen sich jede einen Buchstaben.

Louise hatte ein „B" und fing an. Sie nahm sieben
Buchstaben aus der Schachtel, reihte sie auf ihrem
Ständer ein und starrte auf das Spielbrett. Plötzlich
erhellte sich ihr Blick. Die anderen sahen zu, wie sie
in der Mitte das Wort SELTSAM legte.

„Wow! Seltsam." Charlie kritzelte auf ihren Notiz-
block. „Doppelte Punktzahl – das macht 26 Punkte!
Klasse, Lou!"

Jo war an der Reihe. „Ich hab eins!" Sie legte das
Wort UNHEIL, indem sie von dem „L" in SELTSAM
abzweigte.

„Gut, jetzt bin ich dran!" Alex lehnte ihren langen, schlanken Oberkörper nach vorn und buchstabierte TÖTEN.

Charlie war als Letzte dran. Sie studierte das Spielbrett und legte dann langsam, fast als geschehe es gegen ihren Willen, das Wort ERTRANK.

„Krass!" Jo sprang auf und stieß sich den Kopf am Zeltgestänge an. „Du hast schon in der ersten Runde fast alle deine Buchstaben verwendet."

„Da ist sogar noch was viel Krasseres", sagte Charlie. „Schaut euch bloß mal diese Wörter an – seltsam, Unheil, töten, ertrank!" Sie warf ihnen einen ängstlichen Blick zu. „Alle diese Wörter könnten direkt aus der Geschichte sein, die ich euch erzählen will."

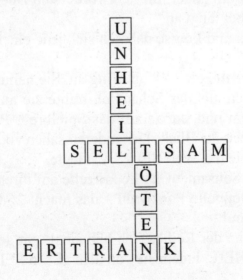

„Schön, jetzt musst du sie uns erzählen", sagte Alex. „Wenn du denkst, dass wir hier seelenruhig sitzen bleiben und weiter Scrabble spielen, dann bist du schief gewickelt. Fang mit der Geschichte an ... sofort!"

„Sie hat Recht", nickte Jo.

„Absolut", bestätigte Louise fröstelnd. „Fang ganz von vorne an. Wieso spielen diese Wörter in der Geschichte eine Rolle? Und wer ist ertrunken?"

Alex entfernte unauffällig die Kekstüte aus Charlies Reichweite. Wenn man sie vom Essen abbringen konnte, war sie eine geniale Geschichtenerzählerin.

„Du hast von einer Susan Murdock gesprochen ...", bemerkte Jo. „Wer war Susan?"

Charlie stieß einen tiefen Seufzer aus, rollte sich auf den Rücken und starrte in das Zeltdach. Die anderen streckten sich aus, bereit zuzuhören. Es herrschte Schweigen – von draußen vernahmen sie die Laute der Nachtvögel, das Rauschen des Wassers und das Summen der Moskitos. Dann begann Charlie zu erzählen.

Susan Murdock war in unserem Alter, als sie Murdock's Mills das erste Mal sah. Es war ein regnerischer, düsterer Tag im April 1956. Am Fluss entlang waren die Bäume durch einen schweren Eissturm im Winter geborsten und abgebrochen. Ihre zerzausten, geknickten Äste passten zu dem, was Susan empfand, als sie am Ende einer schlammigen Landstraße aus dem Auto stieg und auf den Fluss, die Schleuse und die Mühle blickte.

Tante Ruth versuchte ihr einen Mantel um die Schultern zu legen, doch Susan schüttelte ihn ab. Ihr Großvater war tot. Sie wollte sich in diesem Moment nicht warm und geborgen fühlen. Sie stand da in ihrem schwarzen Kleid und den glänzenden schwarzen Schuhen im Matsch der Straße und fröstelte.

„Schrecklicher Ort!", brummte Onkel Morris hinter ihr. „Warum zum Henker dieser alte Mann unbedingt den ganzen Weg von der Stadt hier raufkommen wollte, um sich beerdigen zu lassen, will mir nicht in den Kopf."

Sie waren eben vom Friedhof von Murdock's Mills gekommen. Susan hatte zugesehen, wie der Sarg von Großvater Murdock in die Erde hinabgelassen worden war, obenauf ihr kleiner Veilchenstrauß. Auf dem Friedhof war es nass und kalt gewesen, und viele der Grabsteine schienen so alt und so verwahrlost. Es war ihr überhaupt nicht recht, Grandpa hier zu lassen und in die Stadt zurückzukehren.

Sie würde bei der Schwester ihrer Mutter, Tante Ruth, und deren Mann Morris leben müssen – zumindest bis sie achtzehn war. Fünf lange Jahre! Onkel Morris hatte sie schon nicht gewollt, als sie drei war und ihre Mutter und ihr Vater bei einem Autounfall ums Leben gekommen waren.

Grandpa Murdock war es gewesen, der sie aufgenommen hatte, und das, obwohl sie schwer verletzt gewesen war und viel Fürsorge brauchte. Ein Bein war kürzer als das andere, als alles verheilt war, und es blieb beim Gehen ein Hinken zurück. Grandpa machte das nichts aus. Er hatte den Platz beider Eltern eingenommen. Und jetzt war auch er von ihr gegangen.

Onkel Morris und Tante Ruth wollten sie noch immer nicht haben, da war Susan sich sicher. Es blieb ihnen einfach nichts anderes übrig – sie waren ihre einzigen lebenden Verwandten.

„Wir werden das Anwesen verkaufen müssen", meinte Tante Ruth verächtlich und wies mit ihrem langen Kinn auf die alte Mühle. „Das Gebäude ist nicht viel wert, aber das Grundstück wird etwas einbringen."

Susan blickte zu ihr auf. „Die Mühle gehört mir", sagte sie. „Großvater hat immer davon gesprochen, dass sie mein Erbe von den Murdocks ist und dass ich mich immer darum kümmern soll."

„Nun, du bist viel zu jung, um dich darum zu kümmern", sagte Tante Ruth barsch. „Und wir brauchen das Geld für deine Arztrechnungen."

„Darüber können wir später reden." Onkel Morris legte seine Hand auf Susans Schulter. „Steigt jetzt wieder ins Auto, bevor wir uns hier in der Kälte noch alle den Tod holen."

Susan kletterte auf den Rücksitz von Onkel Morris' altem Chevy, doch auf der ganzen Rückfahrt über die holperige Straße blickte sie durch die Heckscheibe zur Mühle zurück. Etwas Störrisches war in ihr geweckt worden. Die Mühle gehörte ihr. Es war ihr Erbe von Seiten der Murdocks. Sie würde nicht zulassen, dass sie es verkauften!

Charlie langte hinüber. „Essenspause!", verkündete sie. „Wo ist denn diese Kekstüte geblieben?"

„Essen!", höhnte Jo. „Seit wann sind denn Erdnuss-butter-Schokoladenkekse vernünftiges Essen?"

„Da hast du sie", seufzte Alex und reichte ihr die Packung. „Aber ich wär echt happy, wenn du nicht andauernd unterbrechen würdest, um zu futtern. Das ist jedesmal so, wenn du eine Geschichte erzählst!"

Louise hatte das Scrabblebrett zu sich herumgedreht. „Ich bin dran." Sie legte vier Buchstaben hin. NEBEL. „Tja, das ist kein besonders aufregendes Wort, aber ich hab keine bessere Möglichkeit ... was schaust du mich denn so komisch an, Charlie?"

Kapitel 3

„Das ist voll gruselig", flüsterte Charlie. „Als Susan
die alte Mühle das nächste Mal sah, war dort überall
dichter Nebel! Das Scrabblespiel ist der Geschichte
irgendwie voraus – ich bin nicht sicher, ob ich das
mag!"

„Ich schon", sagte Jo mit wohligem Schaudern.
„Mach weiter. Erzähl, was in dem Nebel passiert ist."

„Nein ... mach dort weiter, wo du aufgehört hast!",

drängte Alex. Sie wand sich tief in ihren Schlafsack. „Lass ja nichts aus. Erzähl uns, was zwischen der Beerdigung von Susans Großvater und ihrem nächsten Besuch bei der Mühle passiert ist."

Charlie pickte die letzten Keksreste aus der Tüte und aß sie in aller Ruhe auf. Dann setzte sie sich im Schneidersitz hin, glättete und knüllte die leere Kekstüte, während sie weiter die Geschichte erzählte.

Susan war überrascht, als ihre Tante Ruth und Onkel Morris ihr verkündeten, dass sie den Sommer in einer Anglerpension in der Nähe von Murdock's Mills verbringen würden. Sie hoffte, dass sie ihr Vorhaben, die Mühle zu verkaufen, vergessen hätten.

In jenen Tagen redeten sie kaum mit ihr, und wenn sie ins Zimmer kam, merkte sie oft, wie die Unterhaltung abbrach, so als hätten sie über etwas gesprochen, das sie nicht hören sollte.

Susan war dies gleichgültig. Sie vermisste ihren Großvater so sehr, dass sie kaum die letzten Schultage durchstand. Bisher hatte es ihr nie so viel ausgemacht, dass sie schüchtern und still war und auch nicht rennen und bei den Spielen mitmachen konnte. Sie und Grandpa hatten ihre eigenen Witze und Spiele, und sie hatten viel Spaß gehabt!

Manchmal träumte sie von ihm, und er schien ihr dann so wirklich, dass sie manchmal sicher war, er sei da, wenn sie aufwachte. Durch diese Träume fühlte sie sich nur noch einsamer.

Sie konnte es nicht erwarten, die Mühle wieder zu sehen. Sie schien fast das Einzige zu sein, was ihr noch von ihrem Großvater geblieben war.

Es war ein nebliger Morgen im Mai, als sie wieder die holperige, unbefestigte Straße zu Murdock's Mills hinauffuhren. Während ihr Onkel und ihre Tante bei der Anglerpension, wo sie wohnten, das Gepäck ausluden, humpelte Susan durch die Bäume zu der alten steinernen Mühle hinab.

Das Wasser schoss durch den Mühlgraben, als sie sich anschickte, die Steinbrücke zu überqueren. Durch den Nebel sah sie am anderen Ende eine Frau, eingehüllt in einen langen Kapuzenumhang.

Susan blieb stehen. Sie wollte auf der Brücke keinem Fremden begegnen. Die Gestalt verschmolz auf der anderen Seite mit dem Nebel. Susan strengte ihre Augen an, doch sie konnte nichts mehr erkennen.

Sie überquerte die Brücke, wobei sie einer Spur nasser Fußabdrücke auf den Steinen folgte. Auf der anderen Seite öffnete sie ein quietschendes, von großen Fliederbüschen umgebenes Tor. Der Fliederduft zusammen mit dem Nebel machte sie fast schwindelig. Die Frau in dem langen Mantel war nirgends zu sehen.

Hinter dem Tor befand sich ein überwucherter Garten. Große, purpurne Schwertlilien ragten aus dem Gewirr von Unkraut und pinkfarbenes Tränendes Herz hing über einen Kiesweg. Hinter alledem war die hohe Mauer der Mühle aus Kalkstein und Holz nur als verschwommener Umriss im Nebel zu erkennen.

Susan kniete sich hin, um eines der rosa Tränenden Herzen zu berühren.

Der Garten war so alt wie die Mühle selbst, davon war Susan überzeugt. Wer hatte ihn wohl angelegt?

Susan seufzte. Sie wünschte, sie hätte bei Grandpas alten Geschichten über die Familie der Murdocks besser zugehört. Sie brachte die Namen und Jahreszahlen immer alle durcheinander, aber war da nicht ein Mädchen gewesen, ein Mädchen mit einem komischen, altmodischen Namen ...?

„Maude!", vernahm sie eine bitter klingende Stimme dicht an ihrem rechten Ohr. „Mein Name ist Maude Murdock!"

Susan rappelte sich hoch. „Wer spricht da?", flüsterte sie.

„Lass es nicht zu, dass sie die Mühle verkaufen ...", drang die bittere Stimme wieder an ihr Ohr.

„Lass es nicht zu, dass sie sie abreißen!", hörte Susan eine andere Stimme. Diese schien in ihr linkes Ohr zu flüstern. Sie klang rau und alt, wie die Stimme ihres Großvaters.

„Grandpa?", rief Susan in den Nebel, „Grandpa, bist du da?"

Doch es kam keine Antwort. Der Nebel wirbelte um die alte Mühle, teilte sich dann plötzlich und gab Susan den Blick frei auf ein grellrotes ZU VERKAUFEN-Schild, das an der Mauer prangte.

Susan wollte schreien, doch als sie den Mund öffnete, kam kein Ton heraus.

Das Herz hämmerte ihr wie eine geballte Faust hart gegen die Rippen. „Wer ist da?", brachte sie schließlich krächzend heraus. „Ich kann Sie nicht sehen!"

Plötzlich bemerkte Susan neben dem Duft des Flieders einen strengen Brandgeruch, wie der Geruch nach dem Zünden von Feuerwerkskörpern.

„Törichtes Mädchen", flüsterte jemand in einem abgehackten Akzent. „Die Mühle muss weg. Sie steht uns im Weg!"

Susan wollte weglaufen, doch ihre Füße schienen in dem weichen Gartenboden wie angewurzelt, während feuchte Nebelschwaden um ihre Beine wallten.

Sie hörte schnelle Fußtritte, klar und deutlich. Jemand kam hinter ihr den Kiesweg heraufgerannt.

Susan hatte auf einmal entsetzliche Angst, sich umzudrehen. Was, wenn dort niemand zu sehen war?

„VORSICHT!"

Es ertönte ein lauter Ruf, dann ein Krachen wie von einem Gewehrschuss. Susan wurde zu Boden geschleudert, so hart, dass ihr die Luft weg blieb. Im selben Augenblick schlug etwas Hartes, Schweres neben ihr auf, nur Zentimeter von ihrem Kopf entfernt!

Kapitel 4

Susan rang schwer nach Luft. Etwas schien sie zu Boden zu drücken. Dann bewegte es sich. Sie war so in Panik, dass sie wieder zu schreien versuchte. „Was ... wer sind Sie?"

„Hayden. Hayden Heathcote. Bist du in Ordnung?" Die Person schien sich in einem dunklen Umhang aus toten Ästen und Zweigen verfangen zu haben. Aber Susan konnte sein Gesicht erkennen, nah bei ihrem eigenen. Er hatte weiches braunes Haar, das ihm in die breite Stirn fiel, und dunkle, braune Augen. Auf der Stirn hatte er eine Schnittwunde, aus der seitlich Blut herabtropfte.

Sie starrten sich einen Augenblick an, dann merkte Susan, dass der junge Mann – er schien etwas älter zu sein als sie selbst – quer über ihren Beinen lag und dass wiederum etwas auf ihm lastete. Es war ein riesiger Ast, das Holz leuchtete hell an dem Ende, wo er vom Baum abgebrochen war. Das war das Krachen gewesen, das sie gehört hatte. Wenn dieses schwere Ende sie getroffen hätte ...

„Du hast mir das Leben gerettet", keuchte sie, „aber du bist verletzt!" Ohne nachzudenken hob sie die Hand und berührte seine blutige Stirn.

Er zuckte zurück, dann schüttelte er den Kopf. „Ist nur ein Kratzer. Ich habe dich über die Brücke laufen sehen und dann gedacht, dass es wohl besser wäre, dir hinterherzugehen. Durch den Eissturm hängen ein paar von diesen Äste nur noch an einem Fädchen."

„Danke", sagte Susan. Sie starrten sich noch immer gegenseitig an. „Ich bin Susan Murdock. Ich habe mir nur ... den Garten angeschaut."

„Er ist schrecklich verwildert!" Jetzt wuchtete Hayden den vorderen Teil des Astes von ihnen herunter und stand auf. „Ich habe bestimmt über hundert Laster voll von diesen kaputten Ästen und Baumstücken heruntergesägt, aber ich konnte bisher noch nicht bis zum Garten vordringen ... normalerweise kommt niemand hierher. Und es spielt auch keine Rolle, schätze ich – jetzt, wo alles verkauft werden soll." Er blickte mit finsterem Gesicht auf das Schild mit der Aufschrift ZU VERKAUFEN.

„Mein Vormund will es verkaufen, aber ich nicht!", sagte Susan atemlos.

Hayden starrte überrascht auf sie hinunter. Dann reichte er ihr seine Hand, um ihr aufzuhelfen.

Susan verließ der Mut. Jetzt würde sie gleich beobachten können, wie sich auf seinem Gesicht erst Überraschung, dann Abscheu oder Mitleid zeigte, sobald er ihr nutzloses Bein sah. Sie wusste, dass sich der Rest von ihr durchaus sehen lassen konnte – haselnussbraune Augen, honiggoldenes Haar, eine pfirsichglatte Haut. Es passierte immer erst dann, wenn sie aufstand und ging – dann bekamen andere Leute, und besonders Jungen, diesen Gesichtsausdruck!

„Alles in Ordnung." Sie ignorierte seine Hand und stand selber auf. „Nun, du machst hier also Aufräumarbeiten?" Sie sah den verwirrten Ausdruck auf seinem Gesicht, als sich ihr Tonfall veränderte – kalt und beleidigend, als wäre Hayden unter ihrer Würde.

„Yep. Ich arbeite für die Regierung und die Pension und jeden, der Hilfe braucht. Soll ich ... soll ich dich bis zur Pension mitnehmen? Ich hab meinen Laster gleich hier drüben ..." Er wies in Richtung des Gartentors.

„Nein, danke", sagte Susan schnell. „Ich geh den Weg zurück über die Brücke, den ich gekommen bin."

Sie machte auf dem Absatz kehrt und ging schnell davon, nur damit sie sein Gesicht nicht sah.

Die Sand-Lake-Pension, wo Susan hinwollte, war eine typische Anglerpension inmitten der Wildnis, gelb gestrichen, mit einem grünen Dach und einer großzügigen, schattigen Veranda.

Nebelschwaden zogen um das Haus, als Susan die breite Treppe zur Veranda hinaufstieg. Eine sehr alte Frau saß in ein Schultertuch gehüllt in einem Schaukelstuhl aus Weidengeflecht und schaukelte im Nebel.

Susan starrte, als hätte sie ein Gespenst gesehen. Die Frau hatte rote Apfelbäckchen und trug eine Brille mit dicken runden Gläsern.

„Komm und setz dich, Liebes", sagte die Frau mit überraschend klarer Stimme. „Du siehst aus, als hättest du einen Schock erlitten."

Normalerweise hätte Susan wegen ihrer angeborenen Schüchternheit nur den Kopf geschüttelt und wäre vorbeigehuscht, doch die alte Frau hatte so etwas an sich ... „Woher wissen Sie das?", platzte sie heraus.

„Nun, dein Rock ist schmutzig und deine hübschen weißen Schuhe auch ...", lachte die alte Frau. „Ich habe hier schon fünfzig Sommer erlebt, seit die Pension gebaut wurde, Liebes, also entgeht mir fast nichts. Ich bin Mrs. Barnes. Möchtest du gern eine Tasse Tee?"

Susan bemerkte neben der Frau einen kleinen runden Tisch, der mit einer braunen Teekanne, Tassen und Untertassen, sowie Milch und Zucker gedeckt war.

„Ja!" Sie merkte auf einmal, wie durstig und müde sie war. Sie setzte sich auf einen Stuhl auf der anderen Seite des Tischchens und nahm die Tasse mit dampfendem Tee entgegen, die Mrs. Barnes ihr mit zitteriger Hand reichte.

„Stör dich nicht an den Teeblättern", sagte Mrs. Barnes. „Ich trinke meinen Tee lieber auf die altmodische Art. Wenn du ausgetrunken hast, dann deute ich dir aus den Teeblättern dein Schicksal – kostenlos."

„Das wäre nett", sagte Susan, „ich meine – mir mein Schicksal deuten zu lassen. Auf einmal hatte Susan den Wunsch Mrs. Barnes alles zu erzählen, was ihr bei der Mühle passiert war. „Ich hatte ... sowas wie einen Schock", berichtete sie. „Ein großer Ast brach von einem Baum ab und hätte mich getroffen, wenn dieser Junge namens Hayden nicht dagewesen wäre und mich aus dem Weg gestoßen hätte."

„Dann hat es dein Schicksal heute schon gut mit dir gemeint", lachte Mrs. Barnes, „wenn du unseren Hayden getroffen hast. Ich habe ihn besonders gern."

„Ja, aber bevor das passiert ist, da habe ich in dem alten Garten der Mühle Stimmen gehört, ganz deutlich", sagte Susan. „Sie haben zu mir und miteinander gesprochen. Bin ich denn verrückt?"

„Gehörte eine davon einem jungen Mädchen?" Mrs. Barnes beugte sich vor und beobachtete Susan durch ihre dicke Brille.

„Ja ... sie hat gesagt, dass sie Maude heißt. Maude Murdock. Vielleicht habe ich mir alles nur eingebildet.

Mein Großvater hat mir immer Geschichten über die Murdocks erzählt, und vielleicht hat mir mein Gedächtnis einen Streich gespielt ... Ich heiße übrigens auch Murdock."

Mrs. Barnes nickte. „Aber natürlich, kein Wunder, dass sie zu dir sprechen! Ich glaube nicht, dass du dir etwas eingebildet hast. Hast du außer Hayden noch jemanden gesehen?"

„Nein ... aber es war so neblig, dass ich nicht viel erkennen konnte. Nur eine Gestalt und ein paar nasse Fußspuren auf der Brücke."

„Ah, ja." Mrs. Barnes schüttelte traurig den Kopf. „Das war sicher Maude. Sie war die Tochter des Müllers. Als kleines Mädchen geriet sie mit ihrem Kleid in das Mahlwerk und wurde gegen einen Pfosten geschleudert. Sie wurde so schwer an der Hüfte verletzt, dass sie nie wieder richtig laufen konnte. Sie wuchs zu einem hübschen und gescheiten, aber schüchternen Mädchen heran. Sie ist ertrunken, als sie gerade achtzehn war. Die Leute sagen, dass ihr Geist nasse Fußspuren hinterlässt, wenn er umgeht."

Susan durchlief ein Schaudern. Sagte Mrs. Barnes diese Dinge um sie zu erschrecken? Schnell trank sie ihren Tee aus. „Ich muss gehen", sagte sie.

„Warte doch noch einen Moment, Liebes – wolltest du nicht noch dein Schicksal erfahren?" Mrs. Barnes nahm ihr sanft die Teetasse aus der Hand und kippte sie dann in einer kurzen, schnellen Bewegung auf die Untertasse.

„Ich ... ich weiß nicht so recht ..."

„Hab keine Angst", lächelte Mrs. Barnes freundlich. „Es ist ja nur ein kleiner Spaß." Sie kippte die Teetasse wieder zurück und studierte dann mit großer Aufmerksamkeit die Teeblätter.

„Oje!", sagte sie. „Ach du meine Güte!"

„Was ist los?" Irgendwie hatte Susan das unbestimmte Gefühl, dass das, was Mrs. Barnes in den Teeblättern sah, alles andere als ein kleiner Spaß war.

„Was hat sie denn gesehen?", fragte Jo schnell, als Charlie unterbrach und nach ihrer Getränkedose griff.

„Ich sag's dir gleich – ich verdurste", murmelte Charlie und sog an ihrem Strohhalm.

„Du bist echt unmöglich!", explodierte Alex. „Du machst deine Pausen immer im allerspannendsten Moment!"

Charlie ignorierte sie. „Du bist dran, Jo." Sie wies auf das Spielbrett. „Leg ein Wort – ich will nur wissen, ob das Spiel immer noch irgendwie mit der Geschichte in Verbindung steht."

„Du glaubst doch nicht im Ernst, dass beides was miteinander zu tun haben könnte, oder?", sagte Louise mit bebender Stimme. „Ich meine – es ist doch nur ein Spiel."

„Wir setzen immer seltsame Dinge in Gang, wenn wir unsere Geschichten erzählen", sagte Charlie mit glitzerndem Blick.

Jo studierte das Spiel. „Na gut, hier!" Sie legte drei

Buchstaben ab. „NIE – du machst nie mit der Geschichte weiter, ohne uns ewig auf die Folter zu span-
nen. Na, wie findest du das?"

„Sehr gut", grinste Charlie.

„Bin ich jetzt dran?" Alex jonglierte mit fünf Buch-
stabenplättchen, dann legte sie sie flink ab. „Wie wär's
mit GEFAHR – mit dem A von SELTSAM?"

Charlie blickte von einer zur andern. „In Susan
Murdocks Teeblättern war Gefahr zu sehen ... aber
auch noch etwas anderes!"

Kaptitel 5

„Los, Charlie, jetzt sag schon", bettelte Louise. „War irgendetwas Schreckliches aus den Teeblättern zu lesen?"

„Dazu komm ich gleich", versprach Charlie. „Aber erst mach ich das Fenster auf. Es wird langsam stickig hier drin." Sie zog an einer Schnur, worauf sich eine Klappe in der Zeltwand öffnete. Dahinter war ein Einsatz aus Nylonnetz.

„Was ist denn das da – überall auf dem Fenster?“, fragte Louise. „Diese flatterigen Dinger? Ääh!“ Sie klopfte gegen das Netz und eine Wolke Insekten erhob sich in die Luft und ließ sich dann wieder nieder, wobei sie ihre langen, hohlen Rüssel suchend durch die kleinen Löcher in dem Gewebe steckten.

„Moskitos“, meinte Charlie achselzuckend. „Bloß gut, dass es hier oben kein Sumpffieber mehr gibt! Keine Sorge, die kommen nicht durch das Netz. Wir sind hier sicher, solange niemand diesen Reißverschluss aufmacht ...!“ Sie zeigte auf den geschlossenen Zelteingang.

„Hört doch mal“, sagte Jo und schauderte. „Hört doch mal, wie sie summen.“

Sie schwiegen alle und das Summen der Moskitos schien anzuschwellen, bis es die ganze Luft um das Zelt herum erfüllte.

„Mach lieber mit der Geschichte weiter“, sagte Alex, „bevor wir davon noch die Panik kriegen und kreischend rausrennen!“

„Okay.“ Charlie trank aus und setzte sich im Schneidersitz auf ihren Schlafsack. Im Zelt wurde es dunkel und ihre Stimme schien über den anderen zu schweben. „Susan stand also da und wartete darauf, dass Mrs. Barnes ihr das Schicksal prophezeite.“

Mrs. Barnes drehte und wendete kopfschüttelnd die Untertasse. „Ich sehe hier großen Reichtum, aber auch große Gefahr“, sagte sie. „Du wirst deine ganze Kraft und deinen ganzen Mut der Murdocks zusammennehmen müssen ..."

„Aber ich bin überhaupt nicht mutig ... oder stark", sagte Susan zweifelnd. Sie blickte hinunter auf ihr schwaches Bein.

Mrs. Barnes schien geradewegs durch sie hindurchzusehen. „Ein Unfall oder eine Krankheit kann dir den Mut nicht nehmen, mit dem du geboren wurdest", sagte sie. „Du bist eine Murdock. Du darfst es nicht zulassen, dass deine Pflegeeltern die Mühle verkaufen – das würde in einer Katastrophe enden ..."

„Ich wüsste nicht, wie ich das verhindern ...", begann Susan.

In diesem Moment flog die Glastür zu der Veranda mit einem Krach auf und Susans Tante und ihr Onkel kamen heraus. Onkel Morris lächelte zur Abwechslung sogar einmal. Sein für gewöhnlich schlaffes Gesicht war gerötet und sein Schnurrbart zitterte. Tante Ruth schien so aus dem Häuschen, dass sie fast platzte. Beide übersahen Mrs. Barnes und stürzten sich auf Susan.

„Wir haben dich überall gesucht. Wir haben eine ganz fantastische Idee!", sagte Tante Ruth atemlos. „Dein Onkel und ich sind der Ansicht, dass wir hinüber in die alte Mühle ziehen sollten ..."

„Ihr meint ... in der Mühle wohnen?", fragte Susan. „Dort übernachten? Wie denn?" Ihr Großvater hatte nie viele Worte über die Mühle verloren, doch aus seinen kurzen Beschreibungen hatte Susan die Vorstellung, dass es dort drinnen eher wie in einer alten, verlassenen Fabrik aussah – alles voller Spinnweben und verrosteter Maschinen.

„Leona, unsere Bedienung hier in der Pension, hat gesagt, dass einer der früheren Eigentümer den zweiten Stock als Ferienwohnung ausgebaut hat", berichtete Tante Ruth. „Dieser Eigentümer lebte in Südafrika, aber er hat meist seinen Urlaub in Murdock's Mills verbracht. Wir könnten das Innere etwas auffrischen, damit sich eher ein Käufer findet."

„Es würde mir gefallen, wenn es geht ...", meinte Susan zögernd. Irgendetwas war hier faul, dieses plötzliche Interesse an der Mühle schien ihr merkwürdig. Es hatte nicht wirklich etwas mit dem Verkauf der Mühle zu tun, das spürte sie genau. Ihre Tante und ihr Onkel machten ihr eindeutig etwas vor.

Zwei Tage später waren sie eingezogen. Es war nicht wie in einer alten Fabrik, obwohl vieles in dem Gebäude noch an die alte Getreidemühle erinnerte. Susan liebte das Geräusch des Wassers, das um die Fundamente rauschte. Durch eine Öffnung im Fußboden des Erdgeschosses konnte sie in das Mahlwerk hinabsehen und sich vorstellen, wie das Korn zu Mehl gemahlen wurde.

Durch das Fenster im ersten Stock sah sie hinunter auf den stillen Mühlteich oberhalb der Brücke, sowie die Schleusen und die Schiffe, die hindurchfuhren. Die Innenräume waren kühl, mit hohen Decken und dicken

Holzbalken. Außerdem war alles durchdrungen von einem angenehmen Duft nach Holz, klarem Wasser, sowie einem schwachen, alten Geruch nach Weizen und Mehl, obwohl das bestimmt reine Einbildung war. Es waren schon Jahre um Jahre vergangen, seit in der Mühle Mehl gemahlen wurde!

Am Tag des Einzugs kam Hayden vorbei und arbeitete mit seiner Motorsäge im Garten, um die vom Eissturm beschädigten Bäume zu zersägen.

Susan beobachtete ihn vom Fenster aus. Er bediente die schwere Säge wie ein Profi. Ihr kam das Ganze ziemlich gefährlich vor, wie er damit durch die dicken Äste fuhr, als wären es Zahnstocher!

Er winkte Susan zu. Sie wollte sich abwenden, doch zu ihrem eigenen Erstaunen lächelte und winkte sie zurück.

„Ich mach um sechs Schluss." Hayden stellte die Säge ab. „Willst du mit mir und Gabriel Peck angeln gehen?"

Susan wusste, dass Gabriel Peck der Angelwart der Pension war. Sie schüttelte den Kopf. „Ich muss auspacken."

„Nur eine halbe Stunde, bis zur Dämmerung." Hayden tat, als hätte er sie nicht gehört. „Angeln ist fantastisch um diese Jahreszeit, wenn das Wasser noch kalt ist. Ich hole dich ab."

Um sechs Uhr wunderte sie sich über sich selbst, als sie in dem kleinen Zimmer im dritten Stock, das sie sich ausgesucht hatte, in ihre Jeans und ein paar Leinenschuhe schlüpfte. Was würden ihre Tante und ihr Onkel dazu sagen, dass sie ausging? Seit sie bei ihnen war, hatte sie nie etwas auf eigene Faust unternommen.

Zu ihrer Überraschung schienen beide erfreut darüber, dass sie angeln ging. „Fang uns eine schöne Forelle zum Frühstück!", dröhnte Onkel Morris. „Viel Spaß ... und lass dir ruhig Zeit."

Susan starrte von einem zum andern. Es kam ihr ganz so vor, als könnten sie sie nicht schnell genug loswerden.

Gabriel Peck zeigte Susan, wie man den Köder am Haken befestigt und wo sie ihre Angel auswerfen konnte. Er saß in der Mitte seines alten, hölzernen Fischerbootes, Susan im Bug und Hayden, der den Zehn-PS-Motor bediente, im Heck. Das Boot schnurrte durch das ruhige Wasser des Sand Lake. Sie sahen Fische springen, die nach den Fliegen über der Wasseroberfläche schnappten.

Susan blickte zur Mühle zurück. Die Mauern wirkten dunkel im Schatten des Waldes. Sie stellte sie sich voller Leben und Betriebsamkeit vor und nicht still und leer, wie sie jetzt war.

„Hast du schon irgendwas von euren Geistern gesehen?", fragte Mr. Peck. Er ruckte kurz an seiner Angelrute, und kleine Wellen breiteten sich kreisförmig von der Stelle her aus, wo die Leine im Wasser hing.

„G...Geister?", stotterte Susan. Der erste nebelverhangene Nachmittag fiel ihr wieder ein. „Was meinen Sie damit?"

„Oh, nun, die Leute erzählen sich, dass der alte Sam Murdock bei seiner Mühle umgeht. Und sie sagen außerdem, dass der junge Königliche Pionier, der den Auftrag hatte, die Mühle einzureißen, damit die Schleuse gebaut werden konnte, ebenfalls dort spukt. Er flog mit einer Ladung Schwarzpulver in die Luft, am selben Tag, als Sam starb. Es wird erzählt, dass sie sich immer noch bis zum heutigen Tag wegen der Murdock-Schleuse bekriegen!"

„Zwei Gespenster?", fragte Susan. Und was ist mit Maude?, überlegte sie sich. Obwohl es ein lauer Abend war, verspürte sie plötzlich auf ihren Armen eine Gänsehaut.

„Na ja, es gibt eine Menge alter Geschichten über die Mühle, aber das ist die beste", sagte Mr. Peck. „Wir verbreiten sie nur, damit die Angler wieder herkommen. Ist schon komisch, wie gern sie sich immer wieder die alten Geschichten anhören."

„Erzählen Sie mir doch noch etwas über die Geister", beharrte Susan. „Wie hört sich der Müller an? Hat er eine alte, raue Stimme?" Es hätte der Geist des Müllers sein können, den sie an jenem ersten Tag im Garten gehört hatte – jedenfalls war es nicht der ihres Großvaters.

„Ich kann eigentlich nicht sagen, wie er sich anhört." Gabriel Peck zupfte wieder an seiner Angel und plötzlich bog sie sich stark nach unten. Irgendwo dort unten zwischen den Wasserpflanzen hatte ein Fisch angebissen.

„Du hast einen ziemlich großen am Haken!", rief Hayden.

„Vielleicht", meinte Gabriel, während er die Angelschnur einholte. „Vielleicht ist es auch nur Grünzeug. Als das Land überflutet wurde, um den Wasserweg zu bauen, haben sie die besten Fischgründe auf Forellen und Barsche in diesem Teil der Erde geschaffen, aber unter Wasser sieht es aus wie Kraut und Rüben!"

Susan wollte noch mehr über die Geister hören. „Also wie sieht er denn aus – der alte Müller?", fragte sie weiter.

Gabriel Peck schwieg für einen Moment, während er mit seiner Leine kämpfte. Dann schnellte auf einmal die Rute zurück und der alte Angelwart seufzte tief auf. „Er ist mir entwischt", sagte er. „Nun, ich sehe schon, du lässt wegen dieser Gespenster nicht locker, also kann ich dir ebensogut erzählen, was die Leute gesehen haben wollen. Der Müller ist eine eindrucksvolle Erscheinung, wird behauptet, ganz mit weißem Mehl bedeckt, nur die glühenden Augen sind zu sehen. Aber sein Anblick ist wohl nicht so schrecklich wie der des Pioniers. Sein Mantel in Blau und Scharlachrot ist über und über mit Blut befleckt, und ein Arm ist abgerissen. Und manche, die nah genug an den Soldaten rangekommen waren um etwas zu riechen, sagen, dass er immer noch nach Schwarzpulver stinkt."

„Riecht das ... riecht das etwa so wie bei einem

Feuerwerk?", fragte Susan. Sie merkte, wie ihre Stimme zitterte.

„Hast du es gerochen?", fragte Hayden plötzlich aus dem Heck des Bootes.

„Kann sein ...", erwiderte Susan zögernd. „Ich bin nicht sicher."

„Ihr habt ganz schön Mut, in der Mühle zu übernachten, das muss ich schon sagen", meinte Gabriel Peck kopfschüttelnd. „Es gibt nicht viele, die das versuchen würden!"

Susan fing drei fette Forellen und vergaß in ihrer Begeisterung fast die Gespenster. Als ihr Hayden aus dem Boot half, forschte sie aufmerksam nach einem Funken Mitleid in seinen Augen, aber da war nichts. Er war ebenfalls begeistert wegen der Fische.

„Die drei geben sicher ein tolles Frühstück ab", sagte er.

Doch Tante Ruth und Onkel Morris schienen nicht allzu angetan von dem Fang. Als sie hereinkam, wirkten die beiden erhitzt und aufgeregt, so als hätten sie schwer gearbeitet, und Tante Ruth hatte nur einen angewiderten Blick für die Forellen übrig.

„Uuh! Diese glitschigen Dinger! Leg sie ins Spülbecken", meinte sie naserümpfend.

„Aber du hast doch gesagt ..." Susan sprach nicht zu Ende. Ihr wurde klar, dass sie sie nur aus irgendwelchen Gründen von der Mühle hatten fernhalten wollen. Irgendetwas Seltsames ging hier vor!

42

In dieser Nacht versicherte sich Susan, dass genug Öl in der Petroleumlampe auf ihrem Nachttisch war, ehe sie die dunkle Treppe hinaufstieg, und dass sie einen ordentlichen Vorrat an Streichhölzern besaß.

Susan hasste es, in neuen Betten zu schlafen. In der ersten Nacht warf sie sich dann immer hin und her und hatte Alpträume. Das Bett in dem kleinen Zimmer unter dem Dach der Mühle war schmal und hart. Susan fiel in einen unruhigen Schlaf.

Als sie aufwachte, musste es schon nach Mitternacht sein. Neben dem Hintergrundgeräusch des rauschenden Wassers vernahm sie aus nächster Nähe ein stetes Tröpfeln, direkt neben ihrem Bett.

Susan lag da, schreckensstarr, voller Angst, sich umzudrehen. Ihr fiel ein, was Mrs. Barnes erzählt hatte. Maude Murdocks Geist hinterließ Wassertropfen, wo immer er auch spukte. Beugte sie sich in diesem Moment gerade in ihrem langen, nassen Kapuzenumhang über sie?

Ein Tropfen fiel auf Susans Wange und rann neben ihrem Mund hinab. Sie war zu gelähmt vor Entsetzen, um ihn wegzuwischen. Susan spürte ihre Gänsehaut und wartete auf den nächsten Tropfen. Der klamme Geruch feuchter Wolle erstickte sie fast – das war mehr, als sie ertragen konnte!

Kapitel 6

„Tränendes Herz", flüsterte ihr eine Stimme ins Ohr.
„Umhang und Pantoffel, für eine Lady so hübsch ..."
Die Stimme schien ihr Gehirn wie ein Kreischen zu
durchdringen, obwohl sie nur ein Hauch war, und
Susan sie kaum hören konnte.

Gerade als sie kurz davor war zu schreien, da schien
das erstickende Gefühl, dass sich etwas über sie beugte, zu weichen.

Susan vernahm laute Stimmen auf dem Flur und für den Bruchteil einer Sekunde hätte sie fast nach ihrer Tante Ruth gerufen. Dann wurde ihr bewusst, dass beides Männerstimmen waren, und abermals packte sie die Angst.

„Wenn Sie sich auch nur in die Nähe meiner Tochter wagen, dann schlage ich Ihnen den Kopf ein, so wie Sie meine Mühlen eingeschlagen haben!" Es war wieder die raue, alte Stimme, die da sprach. Susan konnte sie klar und deutlich hören.

„Sie und ich, wir sind nur Gegner, was die Mühlen angeht. Wir müssen uns nicht auch noch wegen Maude streiten!" Die andere Stimme klang jünger.

Schlotternd vor Angst setzte sich Susan im Bett auf. Die beiden Stimmen waren so nah, so laut, dass Susan sicher war, dass da wirklich zwei Männer vor ihrer Zimmertür standen. Sie streckte die Füße über die Bettkante und schlich auf Zehenspitzen über den Holzdielenboden.

Nur einen winzigen Blick – Mrs. Barnes hatte gesagt, sie müsse mutig sein! Sie öffnete die Tür einen Spalt und spähte hinaus.

Doch auf dem Flur war niemand. Der Mond schien durch das Fenster am Ende und warf Schatten auf Fußboden und Wände, trotzdem sah Susan alles recht deutlich. Sie stieg die Holztreppe hinunter in den ersten Stock. Neben dem Geräusch rauschenden Wassers konnte sie schwach Stimmen vernehmen. Susan schlang die Arme um sich, um in ihrem Nachthemd nicht zu frieren, und ging zu der runden Öffnung im Fussboden. Sie kniete nieder. War da nicht ein Murmeln von Stimmen, das sie durch das Rauschen des Wassers um die steinernen Fundamente hörte?

Sie lag flach auf dem Bauch, das weiße Nachthemd um sich herum ausgebreitet, die Zehen erwartungsvoll angespannt, und spähte in das Loch hinab.

Ein schwacher Geruch von Schießpulver wehte zu ihr herauf. Die Stimmen waren direkt unter ihr.

„Du musst es ihm sagen, Maude, erzähl ihm das mit uns!"

„Ich kann nicht. Vater wird denken, ich hätte ihn hintergangen! Er hat das Fieber. Bitte zerstöre nicht seine Mühlen, Robert. Es würde ihn umbringen!" Die Stimme, sanft und verzweifelt, war dieselbe, die Susan in ihrem Zimmer gehört hatte.

„Du weißt, ich habe den Auftrag, den Kanalbau voranzutreiben! In diesem engen Tal ist nicht genug Platz für fünf Mühlen und die Schleuse. Es ist einfach ein technisches Problem."

„Aber warum ist der Kanal so wichtig?"

„Zur Verteidigung, meine Liebe. Zur Verteidigung der Kolonie."

„Ohne die Mühlen gäbe es keine Kolonie", sagte Maudes sanfte Stimme beharrlich. „Wir sägen das Holz für ihre Häuser, mahlen ihr Korn, spinnen ihre Wolle ... die Mühlen sind unser Lebensquell!"

Susan merkte, wie nah ihr die Gefühle der beiden gingen. Sie war froh darüber, dass Maude sich wehrte.

Und sie hasste die Art, wie der Soldat mit ihr redete – so als wäre sie ein dummes kleines Kind!

Aber halt – jetzt geschah etwas Unheilvolles. Sie hörte, wie Maude einen kleinen Schrei ausstieß. „Vater! Was machst du denn hier? Du solltest doch im Bett bleiben!"

„Und was machst du hier, mit Captain Treleavan?" Die alte Stimme klang schwächer, doch voller Verblüffung und Wut. Susan glaubte kurz etwas Weißes in der Dunkelheit gesehen zu haben.

„Du würdest mich doch nicht mit diesem Soldaten hintergehen? Meine eigene Tochter ..."

„Vater! Es ist nicht das, was du denkst!"

„Ich habe geschworen, ihn umzubringen, wenn ich ihn nochmals mit dir zusammen sehen würde ..."

„Vater – halt!" Maudes Stimme schwoll an zu einem Kreischen.

Susan hielt sich mit beiden Händen die Ohren zu und presste ihr Gesicht gegen den Fußboden. Sie konnte nicht weiter zuhören. Ein Mord geschah, direkt hier, unter ihr.

Zitternd setzte sie sich auf. Der Raum war durch das Mondlicht von der Kanalseite her voller Schatten. Sie zwang sich aufzustehen und hinkte zu einem der großen Fenster. Dort, auf der Steinbrücke, war eine Gestalt in einem langen, dunklen Umhang. Voller Entsetzen sah Susan zu, wie sich die Gestalt über die niedrige Brückenmauer in den Teich darunter stürzte.

„Maude! Neiin!", schrie Susan ohne es zu wollen.

Augenblicklich flog über ihr eine Tür auf und sie hörte Schritte auf der Treppe. Ein flackerndes Licht kam auf sie zu.

Es war Onkel Morris.

„Was ist los? Was machst du hier um diese Zeit?" Onkel Morris starrte sie im Schein seiner Petroleumlampe misstrauisch an.

Tante Ruth kam nach ihm heruntergehastet, wobei sie in die Ärmel eines roten Morgenmantels schlüpfte. „Was schnüffelst du mitten in der Nacht hier unten herum?"

„Ich habe nicht herumgeschnüffelt", widersprach Susan mit zitternder Stimme. Sie nahm sich zusammen. „Ich dachte ... ich dachte, ich hätte hier unten irgendetwas gehört."

„Wahrscheinlich Ratten!", erklärte Onkel Morris. „Deine Tante und ich haben eine große schwarze in der Küche gefunden. Du bleibst nachts besser in deinem Bett. Du könntest hier unten von einer Ratte gebissen werden!"

„Sicher hast du nur geträumt und bist schlafgewandelt", meinte Tante Ruth. „Das könnte gefährlich werden mit diesem Loch im Fußboden und dem Kanal gleich vor der Tür. Wir wollen nicht, dass du uns noch da reinfällst ... Und jetzt marsch zurück ins Bett mit dir!"

Als Susan fröstelnd oben in ihrem Zimmer unter die Bettdecke kroch, spielte sich in ihrem Kopf wie ein wahr gewordenen Alptraum wieder und wieder die vergangenen Szenen ab – Maude, die sich über sie beugte, der Müller und Captain Treleavan im Flur, Maude und der Captain in der Mühle. Und schließlich und endlich Maude, die sich in den Teich stürzte.

Ein Teil davon hätte vielleicht ein Streich ihrer Fantasie oder ein Traum gewesen sein können, aber alles zusammen? Susan lag auf ihrem flachen Kissen, ihre Gedanken wirbelten durcheinander. Es schien, als würden die drei Geister immer wieder Momente aus ihrem tragischen Leben durchmachen. Sie ergaben keinen Sinn, aber vielleicht waren sie ja auch durcheinander geraten und nur bruchstückhaft.

Susan erschauerte, drehte sich auf die Seite und rollte sich ganz klein zu einer Kugel zusammen. Wahrscheinlich hatte sie diese Alpträume nur wegen der Geschichten, die ihr Mrs. Barnes erzählt hatte. Sie hatte sich das Ganze wohl nur eingebildet und war schlafgewandelt, so wie Tante Ruth gesagt hatte.

Doch als Susan am nächsten Morgen aufwachte, entdeckte sie etwas, das ihr Angstschauer über den Rücken jagte.

Auf ihrem Kopfkissen lag eine Blüte, ein Tränendes Herz, völlig zerrupft.

„Natürlich hat sie nicht geträumt oder ist schlafgewandelt." Alex streckte ihre langen Arme und Beine aus und berührte zu beiden Seiten die Zeltwände. „In der Mühle spukt's. Ist doch sonnenklar!"

„Vielleicht ..." Jo rollte sich auf den Rücken und

starrte zum Zelthimmel hinauf. „Oder sie hat eben nur die Geschichten gehört und hat eine ziemlich starke Einbildungskraft."

„Ich hab 'n Problem", begann Louise leise, „ich muss mal ..."

„Nein!", rief Charlie. Du kannst das Zelt jetzt nicht aufmachen. Dann stürzen sich hundert Millionen Moskitos hier rein!"

„Tut mir Leid", sagte Louise kopfschüttelnd. „Ich muss echt dringend. Das kommt wahrscheinlich von dem ganzen rauschenden Wasser in der alten Mühle, das du dauernd erwähnt hast. Ich schlüpf ganz schnell raus und mach direkt hinter mir wieder zu. Wo war noch gleich der Waschraumschlüssel versteckt?"

„In dem Rohr neben dem Haus vom Schleusenwärter", sagte Jo. Der Schleusenwärter hatte ihnen zuvor den Schlüssel gezeigt. Die Waschgelegenheit war nur für die Schiffer auf dem Kanal gedacht, und der Raum war über Nacht abgeschlossen.

„Warum musstest du ihr das verraten?", ächzte Charlie. „Ich sag dir eins, Louise, das wird dir absolut Leid tun, wenn du da rausgehst!"

„Und euch wird's echt Leid tun, wenn ich nicht gehe!", gab Louise zurück. „Kommt jemand mit?" Sie leuchtete mit ihrer Taschenlampe von einem Gesicht zum anderen.

„Dann können wir gleich alle gehen", seufzte Jo. „Ist besser, als das Zelt viermal aufzumachen."

Kapitel 7

„Ihr seid doch komplett verrückt", grollte Charlie. „Jetzt will sie wirklich raus und wir können dann stundenlang Moskitos totschlagen."

Sie zogen die Reißverschlüsse an ihren Jacken zu, schlüpften in ihre Schuhe und machten sich bereit für den Hechtsprung durch die Zeltöffnung.

Charlie packte die Zuglasche des Reißverschlusses. „Wenn ich ‚los' sage, dann krabbelt ihr drei hier raus, so schnell ihr könnt, und ich mach dann hinter uns wieder zu. Fertig? Eins, zwei, drei ..." – sie zog den Reißverschluss bis zur Hälfte auf – „LOS!"

Sie purzelten übereinander, lachend und kichernd, und Charlie, die als Letzte hinausschlüpfte, zog die Öffnung wieder zu.

„JETZT LAUFT!", befahl sie und die Mädchen rannten zum Haus des Schleusenwärters. Sobald sie stillstanden, schwirrten die Moskitos in leise summenden Schwärmen um sie herum, flaumige Beinchen streiften ihre Gesichter, Ohren und Fußgelenke.

„Bewegt euch", rief Charlie. „Wenn ihr stillsteht, werden sie immer schlimmer."

Die drei trabten den Rasen auf und ab, während Louise nach dem Schlüssel fingerte. „Ich kann nichts finden ... er ist nicht da!", schrie sie verzweifelt.

„Such weiter – er muss da sein!"

„Vielleicht war's ein anderes Rohr ..."

„Ist euch eigentlich klar, was wir wohl für 'n Bild abgeben, wie wir hier wie die Idioten rumtanzen?", sagte Charlie.

Sie kicherten alle los.

„Oh, Hilfe, jetzt bringt mich nicht auch noch zum Lachen", jammerte Louise. „Da ist er ja, endlich! Der Schleusenwärter hat anscheinend etwas zerknülltes Papier über den Schlüssel gestopft."

Immer noch kichernd und die Moskitos verscheuchend jagten die vier um das Gebäude herum zur Rückseite, steckten den Schlüssel mit Hilfe von Alex'

Taschenlampe ins Schloss und platzten in den beleuchteten Waschraum.

„Oh nein!", rief Jo aus. „Es ist das Männerklo!"

„Mir egal." Louise stürmte hinein. „Ich geh keinen Schritt weiter."

„Still! Und schiebt Wache", bremste Jo das Gelächter. „Passt auf, dass keine Jungs kommen. Beeil dich um Himmelswillen, Louise."

Alex gab an der Tür Acht, und sobald Louise wieder erschien, schossen sie von der Herrentoilette hinüber zu dem Raum für die Damen."

„Tja, schließlich konnten wir das Schild an der Tür nicht erkennen – es war einfach zu dunkel", sagte Louise.

„Und du hattest es brandeilig", neckte sie Charlie. Da mussten sie abermals lachen.

„Schön, jetzt aber wieder zurück ins Zelt", kommandierte Charlie. „Wie vorhin. Bleibt dicht zusammen, ich mach das Zelt auf, ihr schlüpft so schnell wie möglich rein und rückt beiseite, damit ich gleich wieder zumachen kann."

Drinnen purzelten alle übereinander, während Charlie sich wie wild abmühte, den Reißverschluss wieder zu schließen.

„Ich hab nur einen fetten Stich", stöhnte Jo und kratzte sich am Arm.

„Ich hab zweiunddreißig Stiche." Louise zählte all die geschwollenen roten Punkte auf ihren Händen, Armen und im Gesicht.

„Ich erinnere euch nicht gern dran, aber ich hab's euch ja gesagt", meinte Charlie. „Und jetzt kommt der stressigste Teil. Wir müssen die ganzen Mossies erledigen, die mit uns reingeschlüpft sind, bevor wir ans Schlafen denken dürfen."

„Glaubst du, dass es viele sind?", fragte Louise.

„Oh, sicher nur ein-, zweihundert", meinte Charlie achselzuckend.

„Uuuh, tut mir Leid", ächzte Louise, „aber ich musste einfach gehen."

„Vergiss es", winkte Alex ab. „Wer will denn schon schlafen? Ich will wissen, wie 's nach der Nacht in der Mühle mit Susan weitergegangen ist."

„In Ordnung, aber gib mir erst einen Schokoriegel", sagte Charlie. „Ich brauch eine Stärkung, nach dem Blutverlust durch die Viecher." Sie war mit Scrabble an der Reihe und legte das Wort TERROR. „Susan würde all ihre Kraft brauchen, um sich dem Terror zu stellen, der nun über sie hereinbrach ..."

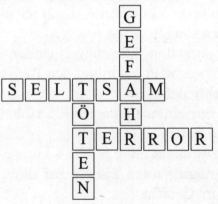

Alex wühlte in der Kühlbox nach Schokoriegeln und lehnte sich dann wieder zurück, während Charlie ihre große Taschenlampe senkrecht hinstellte, so dass ihre Gesichter von unten her angestrahlt wurden. Ihre dunklen Augen funkelten. „Passt auf, was nun passiert ist ...", begann sie und senkte die Stimme.

Susan starrte auf die zerrissene pinkfarbene Blüte. Panik stieg in ihr auf. Wer würde so ein zartes Gebilde wie ein Tränendes Herz zerstören? Es war, als habe es eine böse Macht darauf abgesehen, sie zu ängstigen, sie zu verletzen!

Überall um sie herum lauerte Gefahr, und wem konnte sie trauen? Hayden? Er schien so nett zu sein, aber warum war er gerade in dem Augenblick im Garten gewesen, als der Ast auf sie fiel?

Ihrer Tante und ihrem Onkel? Warum tuschelten sie immer hinter ihrem Rücken und warum wollten sie in der alten Mühle wohnen? An der ganzen Sache stimmte etwas nicht!

Susan zog sich rasch an und ging zur Tür. Vielleicht hatte Mrs. Barnes drüben in der Pension ein paar Antworten auf ihre Fragen. Sie war sonderbar und unheimlich, aber letztendlich wusste sie alles darüber, was sich hier vor Jahren abgespielt hatte.

Susan legte ihre Hand auf den Türknauf. Er ließ sich nicht drehen.

Ungläubig kämpfte sie mit der Tür. Sie war abgeschlossen!

„Lasst mich raus!" Susan hämmerte mit aller Kraft gegen das Holz. „Lasst mich hier raus!"

Ihr Herz pochte so sehr, dass sie kaum atmen konnte. Schließlich hörte sie Schritte draußen auf dem Flur, dann drehte sich ein Schlüssel im Schloss.

„Tante Ruth!" Susan starrte in das gerötete Gesicht ihrer Tante. „Warum habt ihr mich eingesperrt?"

Das Haar ihrer Tante hatte sich aus dem Knoten gelöst und fiel wirr über ihren Nacken herab. Ihre Bluse war mit Erde beschmutzt und sie hatte einen Schmutzstreifen quer über der Nase.

„Wir waren besorgt wegen deiner Schlafwandlerei", sagte sie. „Morris dachte, dass es sicherer wäre, die Tür abzuschließen, bis wir das Loch unten im Boden zugedeckt hätten."

Also das war es, woran sie gearbeitet hatten! Susan atmete tief auf. „Hast du auch diese Blume auf mein Bett gelegt?", fragte sie mit unsicherer Stimme.

„Nein." Ihre Tante wischte sich über die verschwitzte Stirn. „Ich hatte bis jetzt noch keine Zeit, in den Garten zu gehen. Du siehst heute Morgen nicht gut aus. Warum gehst du nicht zur Pension hinüber und bestellst dir ein ordentliches Frühstück? Ich hatte heute keine Zeit zum Kochen."

„Ja", sagte Susan. „Das ist eine gute Idee." Sie merkte, dass ihre Tante sie wieder aus dem Weg haben wollte, aber sie war hungrig und sie musste mit Mrs. Barnes reden.

Es war ein trostloser regnerischer Morgen, und die

Veranda der Sand Lake-Pension lag leer und verlassen da. Die Blumenampeln schwangen bei den Windböen hin und her und die Verandatür schlug krachend hinter ihr zu.

Susan stand in der schattigen vorderen Diele und rang nach Luft. Während der wenigen Tage, die sie in der Pension gewohnt hatten, hatten sie immer an demselben Tisch in der Ecke des Speisesaales gesessen. Sie ging darauf zu und war froh, dass niemand dort saß. Sie wollte mit Leona, der jungen Serviererin sprechen, die sie immer bedient hatte.

Leona brachte ihr Eier mit Schinkenspeck und Toast, sowie gekochten Schinken, Marmelade und Saft.

„Vielen Dank", sagte Susan, „wir wohnen jetzt in der alten Mühle – das Essen ist dort nicht so gut."

„Wie ... wie geht's euch denn so da drüben?" Leona wirkte erschrocken.

„Ganz gut", log Susan. „Aber ich weiß nicht, weshalb meine Tante und mein Onkel umziehen wollten, wo es hier doch so gemütlich war ..."

„Oh!" Leona wurde rot und trat verlegen von einem Fuß auf den anderen. „Vielleicht war es meine Schuld. Sie wurden irgendwie sehr aufgeregt, als ich ihnen von den Diamanten erzählt habe."

„Was für Diamanten?", fragte Susan.

„Ach, weißt du, die ganzen alten Geschichten über ein Vermögen in Diamanten, das irgendwo in den Wänden der alten Mühle versteckt sein soll. Ich glaube ja selbst nicht dran, aber als ich deiner Tante davon

57

erzählt habe, nur um etwas zu plaudern, da hat sie mir tausend Fragen gestellt ... Du, ich muss jetzt gehen ..."
Leona blickte sich in dem belebten Speiseraum um.

Susan nickte. So war das also! Sie suchten in den Wänden nach Diamanten!

Kapitel 8

Susans Frühstück wurde kalt. Sie versuchte einen Bissen Toast zu essen, doch er blieb ihr im Halse stecken. Sie sah plötzlich Onkel Morris' glänzendes, rotes Gesicht und die habgierigen Augen ihrer Tante vor sich. Die zwei hatten ihr kein Wort von den Diamanten erzählt. Erst hatten sie versucht, sie von der Mühle wegzulotsen, ja und dann hatten sie auch noch die Tür abgeschlossen!

Susan schob ihren Stuhl zurück und stand auf. Sie durchquerte den Speisesaal mit seinen weißen leinengedeckten Tischen und trat hinaus in die dunkle Diele.

„Verzeihung", fragte sie einen vorbeieilenden Kellner, „ist Mrs. Barnes heute hier?"

„Nein. Sie ist heute Morgen nicht gekommen. Ihr Rheuma ist bei dem Regenwetter wohl wieder schlimmer geworden."

„Wo wohnt sie denn?", fragte Susan.

„Kleine graue Hütte, da oben, hinter dem Friedhof." Der Kellner drängte an ihr vorbei. „Pass auf ihren Hund auf ...", rief er ihr noch über die Schulter zu.

Starke Windböen trieben dichte Regenschleier vom See herüber. Susan senkte den Kopf und kämpfte sich hindurch. Sie überquerte die Steinbrücke und eilte an der Mühle vorbei. Dabei hielt sie sich dicht bei der Hecke, damit man sie vom Fenster aus nicht sehen konnte, und erklomm den Schotterweg, der zum Friedhof hinaufführte.

Ihr Baumwollkleid klebte ihr inzwischen vor Nässe am Körper, doch Susan konnte nicht mehr umkehren, um sich einen Regenmantel zu holen. Sie musste mit Mrs. Barnes sprechen, bevor sie wieder einen Fuß in den Mühlgarten setzte. Was hatte die alte Dame noch gleich gesagt? Großer Reichtum und große Gefahr! Um das zu erkennen, brauchte sie keine Wahrsagerin zu sein. Es sah so aus, als ob jeder in Murdock's Mills die Geschichte von den Diamanten kannte – selbst junge Leute wie Leona.

Und Hayden? Sie fragte sich, wie viel er wohl wusste und ob sie ihm vertrauen konnte.

Mrs. Barnes' Hütte am Fuße des nächsten Hügels lag nahezu unsichtbar in einem Ulmendickicht. Das Dach war so niedrig, man mochte kaum glauben, dass noch jemand in der Hütte wohnte.

Susan streckte die Hand aus um anzuklopfen, als sie hinter sich ein lautes Knurren hörte.

Sie hatte nicht mehr an den Hund gedacht!

Er war riesig und pechschwarz, hatte seine breiten Lefzen zurückgezogen und zwei Reihen scharfer Zähne entblößt. Er hielt seinen Schwanz steil nach oben und ein wildes Grollen drang tief aus seiner Brust.

Susan schlotterte vor Angst. Sie konnte sich nicht bewegen, nicht schreien. Jeden Moment, davon war sie fest überzeugt, würde ihr der Hund an die Kehle gehen.

„Wer ist denn da?", hörte sie eine zittrige Stimme im Innern fragen.

Susan versuchte wieder zu sprechen, doch es kam nur ein Krächzen heraus. „Su...san. Susan Murdock!"

Hinter ihr öffnete sich knarrend die Tür. „Arthur ... aus!", befahl Mrs. Barnes. „Das ist eine Freundin."

Das Knurren in der Kehle des Hundes erstarb, doch er blieb in seiner wachsamen Haltung.

„Hab keine Angst", sagte Mrs. Barnes. „Er ist ein guter Wachhund, aber er ist ganz brav, wenn er einen erst einmal kennt." Sie hinkte unter Schmerzen zurück in die Hütte. „Komm herein, und entschuldige bitte, wenn ich mich hinlege. Nur so lässt mich mein Rücken ein wenig in Frieden, wenn es regnet."

Susan folgte ihr. Das Innere der Hütte war eng und feuchtwarm, außerdem etwas verräuchert, da das Feuer im Kamin brannte. Es gab nur ein schmales Bett, auf dem sich Kissen und Decken türmten, sowie einen Holzherd, einen Tisch und einen Stuhl.

Mrs. Barnes schien in dem Gebirge aus Kissen und Polstern zu verschwinden. Nur ihre runden Wangen und ihre Brille lugten noch heraus.

„Ich bin gekommen, um Sie etwas wegen der Diamanten zu fragen", sagte Susan. „Ich glaube, dass meine Verwandten danach suchen, aber sie haben mir kein Wort davon gesagt."

„Das überrascht mich kaum", sagte Mrs. Barnes. „Und du lebst auch viel sicherer, solange sie glauben, dass du nichts darüber weißt."

„Warum?" Susan zog den Stuhl näher an das Bett heran und setzte sich.

„Natürlich weil die beiden sie dir stehlen könnten", sagte Mrs. Barnes und wiegte ihren Kopf hin und her.

„Aber sie sind meine Pflegeeltern!", schrie Susan. „Sie müssen doch für mich sorgen."

„Und sie sind auch deine einzigen lebenden Verwandten, denke ich", seufzte Mrs. Barnes. „Also, wer würde die Diamanten erben, falls dir etwas zustoßen sollte?"

Susan starrte sie an. „Tante Ruth und Onkel Morris ... aber sie würden doch nicht ..." Sie schwieg, entsetzt von dem Gedanken, der ihr eben in den Sinn gekommen war.

„Es ist nicht einfach, alles nach einem Unfall aussehen zu lassen", sagte Mrs. Barnes. „Und junge Leute sind hart im Nehmen. Andererseits haben sie dich als deine Pflegeeltern im Augenblick ganz schön in der Gewalt. Du must sehr vorsichtig sein ..."

Susan erschauerte. „Das ist noch nicht alles. Ich habe wieder die Geister gesehen – oder zumindest gehört!"

„Was haben sie denn diesmal im Schilde geführt?", fragte Mrs. Barnes, so als ginge es um irgendwelche Nachbarn von nebenan.

Susan erzählte ihr von den Erscheinungen in der vergangenen Nacht.

„Meine Güte! Die sind ja ganz schön aus dem Häuschen." Mrs. Barnes wiegte wieder den Kopf hin und her. „Komm ihnen besser nicht in die Quere, wenn sie wieder die Ereignisse jener Schreckensnacht durchleben. Maude ist in dem Teich oberhalb des Stauwehrs ertrunken, weißt du. Das arme Kind!"

Susan erzählte schaudernd: „Ich weiß. Ich habe sie von der Brücke springen sehen. Und da ist noch etwas. Was bedeutet das Tränende Herz? Maudes Geist hat eins auf mein Kissen gelegt. Es war völlig zerrupft." Sie nahm die herzförmige Blüte aus ihrer Tasche.

„Ich würde es als Warnung ansehen. Es ist ein altes Spiel, das wir auch schon mit den Blumen gespielt haben. Maude kannte es sicher auch." Sie nahm das rundliche Herz mit ihren verkrümmten alten Fingern. „Hier ist der Umhang ..." Sie zog die beiden Hälften auseinander. „Und im Innern sind die seidenen Pantoffel, für eine Lady so hübsch."

Susan hörte Maudes Geisterstimme wie ein Echo widerhallen. Es lief ihr kalt den Rücken hinunter. Sie stand auf. Es war Zeit zu gehen. Sie konnte sehen, dass Mrs. Barnes große Schmerzen hatte. „Kann ich Ihnen noch irgendetwas holen, bevor ich gehe?", fragte sie.

„Ein wenig heißen Tee aus dem Kessel dort ...", Mrs. Barnes schloss die Augen, „und einen warmen Stein vom Kaminfeuer. Wickle ihn in ein Tuch und lege ihn mir in den Rücken. Bist ein liebes Mädchen."

Susan brachte ihr den Tee und den Stein. „Ist Arthur auch friedlich, wenn ich gehe?", fragte sie.

„Er wird dir nichts tun. Rede einfach leise mit ihm und geh ruhig an ihm vorbei. Er wird meinen Geruch an deinen Kleidern finden und wissen, dass alles in Ordnung ist." Mrs. Barnes umklammerte ihre Hand. „Es tut mir so Leid, dass ich nicht mehr tun kann, aber ich bin völlig kreuzlahm ..."

„Ich werde es schon schaffen", sagte Susan. Sie wusste, wie es war, Schmerzen zu haben und hilflos zu sein. „Sie haben mir so sehr geholfen."

Arthur kam steifbeinig auf sie zu und schnüffelte an ihrer Hand, als sie die Hütte verließ. Nach ausgiebigem Beschnuppern, währenddessen Susan fast das Herz stehen blieb, wedelte er einmal kurz mit dem Schwanz, drehte sich um und stolzierte davon.

Susan versuchte ruhig den Hügel hinaufzugehen, wobei ihr bewusst war, dass ihr Hinken seltsam aussehen musste. Sogar für einen Hund, so dachte sie bitter, sehe ich nicht wie ein normales Mädchen aus. Etwas an mir ist anders, etwas ist verkehrt.

War es das, weshalb ihre Tante und ihr Onkel so grausam sein konnten? Nein, sagte sie streng zu sich selbst. Sie sind einfach keine netten Leute, das ist alles. Großvater hat mich geliebt, und Mrs. Barnes hat mich ein liebes Mädchen genannt.

Sie straffte die Schultern. Sie würde sie nicht einmal mehr Tante und Onkel nennen. Von nun an würden sie für sie nur noch Ruth und Morris sein.

Und es gab einen Weg, sie zu besiegen. Sie würde die Diamanten vor ihnen finden – allein, wenn nötig!

Susan patschte die Straße hinunter, die inzwischen statt der Spurrinnen nur noch aus zwei schlammigen Bächen bestand, die bergab flossen. Der Regen hörte auf, und als sie die Brücke erreichte, bahnte sich ein grauer Lichtstrahl einen Weg durch die Wolkendecke.

Hayden stand auf der Brücke, das glänzende Licht fiel auf seine hellen Haare. Sie ertappte sich dabei, dass sie auf ihn zueilte.

„Ich mag Hayden", unterbrach Louise.

„Ja, aber kann sie ihm trauen?", argwöhnte Jo. „Denk dran, für ihn ist Susan nur eine Fremde."

„Klar, aber sie ist eine Murdock", stellte Alex fest. „Und damit gehört sie genauso dorthin wie er."

„Arme Susan!" Jo schüttelte den Kopf. „Gefangen in der alten Mühle mit ihrer verschwörerischen Verwandschaft. Jetzt ist mir klar, wieso Charlie gesagt hat, dass sie dort nicht hingeht, wenn's dunkel ist!"

„Aber Susan liebt die Mühle", rief Louise. „Würde ich auch, wenn's meine wäre. Ich hab schon immer davon geträumt, mal an so einem Ort zu leben."

Die anderen blickten sie mitfühlend an. Louises Eltern hatten sich getrennt, und ihre Mutter war viel unterwegs. Während der Schulzeit wohnte sie bei Verwandten.

„Du bist beim Scrabble dran." Jo drehte das Spielbrett zu Louise herum – ganz vorsichtig, um die Buchstaben nicht zu verschieben. „Mal sehen, ob uns das Spiel wieder einen Hinweis darauf gibt, was mit Susan als Nächstes passiert."

Louise betrachtete lange das Spiel. Dann legte sie langsam die Buchstaben M-E-S-S-E-R.

„Messer!", rief Alex aus. „Was hat das mit der Geschichte zu tun?"

66

Kapitel 9

„Nichts!", lachte Charlie. „Aber es hat auf jeden Fall was mit dem Kuchen zu tun, den ich eingepackt hab. Wir brauchen ein Messer, um ihn anzuschneiden!" Sie holte ein großes Stück Schokoladenkuchen mit dickem Schokoguss aus der Kühlbox.

„Heb den Kuchen noch eine Weile auf", schlug Jo vor. „Ich bin dran, und ich seh schon ein tolles Wort, das ich legen kann." Sie drehte das Brett herum und legte flink ihre Buchstaben nieder. „RÄTSEL! Das macht 28 Punkte! Es bedeutet vielleicht das Rätsel um den Ort, wo die Diamanten versteckt sind. Erzähl uns mehr davon, Charlie!"

„Ich erzähl's euch ... alles zu seiner Zeit", sagte Charlie. „Wenn ihr keinen Kuchen wollt, wie wär's dann mit etwas Karamell und Limo?"

„Was für eine seltsame Mischung!", meinte Alex. „Wird's dir denn eigentlich nie schlecht von dem Zeug, das du in dich reinfutterst?"

„Nö." Charlie trank einen großen Schluck Limonade, um einen Mund voll Süßigkeiten hinunterzuspülen, wischte sich die Krümel von den Händen und legte sich mit einem zufriedenen Seufzer auf den Rücken. „Es gibt eine Menge Rätsel in der Geschichte. Hört schön zu, und ich erzähl euch, was JETZT passiert ist!"

Sie nahmen sich alle ein Stück Karamell, rückten

ihre Kissen zurecht und machten es sich bequem, als Charlie sich räusperte und zu sprechen begann.

„Hallo", sagte Hayden, „du stehst ja völlig unter Wasser! Ich meine – vom Regen natürlich." Er wandte sich mit hochrotem Kopf von ihr ab und trat gegen einen losen Stein auf der Brücke.

„Ich war eben oben bei Mrs. Barnes." Susan strich ihren feuchten Rock glatt. Sie hatte Hemmungen, sich mit Hayden zu unterhalten. Andererseits suchte sie aber verzweifelt jemanden, dem sie sich anvertrauen konnte. „Wa...was machst du hier draußen i...im Regen?", stotterte sie.

„Dein Onkel hat bei der Werkstatt nach etwas Bauholz gefragt." Hayden zeigte auf die Mühle. „Ich frage mich, was die da drin bloß treiben."

„Sie machen das Loch im Fußboden zu, damit ich in der Nacht nicht reinfalle", erklärte Susan. „Ruth glaubt, dass ich schlafwandle."

„Und, tust du's?" Hayden drehte sich herum und sah sie an.

„Ich weiß nicht. Ich habe gedacht, ich hätte unten beim Mahlwerk Stimmen gehört, aber vielleicht war es nur ein Traum." Sie wollte das Thema wechseln. Es war ihr peinlich, über Ruth und Morris zu reden. Was würde er von ihr halten, bei solchen Verwandten?

Sie zeigte auf die Mühle. „Weißt du, warum die hinterste Wand aus Holz ist und nicht aus Stein, wie die restlichen Wände?"

Hayden nickte. „Dieser Teil der Mühle ist am dichtesten am Mühlrad. Das Wasser fließt dort hinein ... durch eine große Röhre", er zeigte auf den Bach, der unter der äußersten Wand des Fundaments durchrauschte, „und treibt das Mühlrad an. Dieses Mühlrad lief ein wenig ungleichmäßig, und über die Jahre hat das die Steine in der Mauer so sehr vibrieren lassen, dass sie locker wurden. Sie mussten alles erneuern."

„Passiert das immer bei alten Mühlen?", fragte Susan.

„Nein, wenn das Mühlrad richtig sitzt, dann läuft es glatt und gleichmäßig. Irgendetwas muss es aus dem Gleichgewicht gebracht haben."

„Oh. Du weißt aber wirklich gut darüber Bescheid."

„Ich habe immer gedacht, dass ich die Mühle eines Tages kaufen und restaurieren würde. Meine Vorfahren haben sie mit aufgebaut ... und diese Schleusen auch." Hayden blickte hinab auf die Schleusenmauer, die aus großen, genau eingepassten Sandsteinblöcken errichtet war. „Es kam mir immer so vor, als sei sie ein Teil von mir."

„Mir auch", sagte Susan. „Sie gehörte meinem Ur-Urgroßvater." Sie schluckte. Hayden wusste wirklich, was sie empfand.

„Sieht aber so aus, als würde sie keiner von uns bekommen", meinte Hayden und trat wieder gereizt gegen den Stein. „Dein Onkel wird die Mühle wahrscheinlich an jemanden verkaufen, der sie abreißen oder einen Andenkenladen daraus machen will."

Susan holte tief Luft. „Nicht, wenn ich den Schatz vor ihm finde."

Hayden starrte sie fassungslos an. „Was für einen Schatz?"

„Du hast doch sicher die alten Geschichten über ein Vermögen in Diamanten gehört, das einer der Murdocks aus Südafrika mitgebracht und irgendwo in der Mühle versteckt hat!"

Hayden schüttelte sein feines braunes Haar zurück. „Ich habe nie an diese Diamantengeschichten geglaubt", sagte er. „Das ist doch nur Gerede."

„Warum sind Ruth und Morris dann so aufgeregt? Und warum wollten sie unbedingt in die Mühle ziehen? Wenn auch nur die geringste Möglichkeit besteht, dass die Geschichte wahr ist, dann werden sie die Diamanten finden wollen, bevor sie die Mühle verkaufen. Wahrscheinlich sind sie jetzt gerade da drin und reißen die Wände ein!" Susan musterte Hayden misstrauisch. Glaubte er wirklich nicht an die Sache mit den Diamanten oder tat er nur so?

„Hayden, würdest du mit mir zum Friedhof hoch gehen?", fragte sie ihn spontan. „Auf dem Weg zu Mrs. Barnes habe ich den Eingang gesehen. Ich würde mir gern einmal die Gräber ansehen, außerdem ..."

„Außerdem ist es ganz schön gruselig dort", beendete Hayden den Satz.

„Nicht nur deswegen. Ich brauche jemanden, der sich mit der Geschichte dieses Ortes auskennt."

„Was suchst du denn?", fragte Hayden, als sie durch

das Friedhofstor traten. Der Zaun war erst vor kurzem mit Geißblattbüschen bepflanzt worden, leuchtend grün mit kleinen weißen Knospen.

„Drei Gräber", sagte Susan. „Eins davon gehört einem Offizier der britischen Armee – einem Königlichen Pionier namens Captain Robert Treleavan."

Hayden neben ihr wirkte auf einmal angespannt, und Susan schloss daraus, dass der Name für ihn irgendeine Bedeutung hatte.

„War er ... war er einer deiner Vorfahren?" Sie blickte in seine kummervollen braunen Augen.

„Nein", antwortete er. „Captain Treleavan war der Offizier, der die Ladung Schießpulver bestellt hat, durch die mein Urgroßvater ums Leben kam. Er hinterließ seine Frau und zwölf Kinder, die sie dann allein großziehen musste. Der Name Treleavan ist in unserer Familie immer noch verhasst!" Hayden zeigte auf einen hohen grauen Stein. „Das ist sein Grabstein, dort drüben!"

„Und mein Ururgroßvater ... Sam Murdock?"

„Dort bei dem großen runden Stein, mit dem Loch in der Mitte." Hayden ging voran durch das hohe nasse Gras zum Sockel des Grabsteins.

„Siehst du, man kann immer noch die Rillen im Mühlstein sehen, wo das Mehl gemahlen wurde."

„Und Maude, seine Tochter? Wo liegt sie?", wollte Susan wissen.

„Nicht hier", antwortete Hayden und schüttelte den Kopf. „Maude hatte damals Selbstmord begangen, also konnte sie nicht auf geweihtem Boden begraben werden."

„Wie grässlich!", flüsterte Susan. „Sie hat sich von der Brücke aus in den Mühlteich gestürzt, oben beim Wehr."

„Woher weißt du das?" Hayden starrte sie neugierig an.

„Ich habe sie vom Fenster der Mühle aus gesehen. Und davor war sie in meinem Zimmer gewesen. Das Wasser ist von ihrem Mantel auf mein Gesicht getropft ..." Susan schlug bei dieser Erinnerung vor Entsetzen die Hände vor das Gesicht. „Alles, was ich gesehen habe, ist völlig unzusammenhängend! Sie war nicht ertrunken, noch nicht. Sie hat Blüten auf mein Bett gelegt ... Tränendes Herz!"

„Du zitterst ja am ganzen Leib." Hayden legte den Arm um ihre bebenden Schultern. „Du solltest nicht mehr dort schlafen. Komm doch wieder herüber in die Pension."

„Nein!" Susan reckte sich. „Ich will nicht, dass Morris und Ruth die Diamanten finden, wenn ich nicht mehr da bin."

„Aber was, wenn es überhaupt keine Geister gibt?" Hayden hob ihr Kinn an und sah ihr in die Augen. „Was, wenn sie all diese Erscheinungen nur inszeniert haben, um dich zu erschrecken?"

Susan stellte fest, dass Hayden genau darüber Bescheid wusste, um welche Art von Leuten es sich bei ihrer Tante und ihrem Onkel handelte. Sie sehnte sich

73

danach, in seine schützenden Arme zu sinken, ihr Gesicht in seiner Lederjacke zu vergraben und sich sicher zu fühlen, doch sie schüttelte den Kopf. „Was immer auch die Wahrheit ist, ich muss ihr ins Gesicht sehen", sagte sie.

Susan kniete neben einem neuen Grabstein nieder. Seine glatte Marmoroberfläche hatte noch keine Inschrift. „Das hier ist das Grab meines Großvaters. Ich muss entscheiden, was darauf stehen soll ..."

„Ich hasse den Gedanken, dich in der Mühle allein zu lassen", sagte Hayden. „Es gibt dort nicht einmal ein Telefon, so dass du mich anrufen könntest, falls du mich brauchst ..."

„Könntest du nicht draußen Wache stehen?", fragte ihn Susan. „Mir wäre viel wohler, wenn ich wüsste, dass du da bist."

„Ich komme nach Mitternacht in den Mühlgarten", versprach Hayden. „Komm an dein Fenster, wenn du mich brauchst."

„Ich pfeife dann." Susan brachte ein Grinsen zustande. „Mein Großvater hat es mir beigebracht." Sie legte zwei Finger in den Mund um es ihm zu zeigen. „Das kannst du noch aus einem halben Kilometer Entfernung hören."

Es hatte wieder zu regnen begonnen und Susan überkam ein Frösteln.

„Wir sollten gehen und wieder trocken werden und uns etwas zu essen besorgen", schlug Hayden vor.

„Was, wenn es heute Abend regnet?", fragte Susan.

„Du musst keine Angst haben. Ich komme auf jeden Fall. Wir Fischerleute wissen schließlich, wie man trocken bleibt!"

Nachdem Hayden sich an der Rückseite der Mühle von ihr verabschiedet hatte, stieß Susan die hohe rote Tür zur hinteren Veranda auf. Sie schwang geräuschlos in ihren Angeln nach innen. Susan trat in den kleinen, dunklen Raum, der an die Küche grenzte. Drinnen konnte sie ihre Tante und ihren Onkel hören.

„Beeil dich, Morris. Sie wird bald von der Pension zurück sein – es hat aufgehört zu regnen."

Susan wollte gerade durch die Tür eintreten, da ließ sie die raue Stimme ihres Onkels vor Schreck nach Luft schnappen.

„Ich würde sie nur zu gern aus dem Weg schaffen, je eher, desto besser!"

Susan wurde starr vor Angst. Sie durften nicht merken, dass sie das mit angehört hatte – durften nicht merken, dass sie hier war. Zum hundertsten Mal in ihrem Leben verspürte sie die hilflose Enttäuschung darüber, dass sie mit ihrem schwachen Bein nicht davonrennen konnte!

„Rede nicht wie ein Dummkopf daher", sagte Tante Ruth. „Wir müssen alles genau durchdenken, wir dürfen nicht überstürzt handeln."

„Du kannst sagen, was du willst – nichts und niemand stellt sich zwischen mich und diese Diamanten. Dieses eine Mal im Leben werde ich bekommen, was ich will!"

Morris ging in Richtung hintere Veranda. Susan vernahm seine schweren Schritte auf dem Dielenboden. In der nächsten Sekunde würde er sie hier entdecken und wissen, dass sie mit angehört hatte, wie er plante sie umzubringen!

Kapitel 10

Susan kauerte sich tief ins Dunkel und wusste, dass der Versuch sich zu verstecken sinnlos war. Die Tür ging auf. Ein Lichtschein aus der Küche fiel schräg über den Boden.

„Wir durchsuchen besser ihr Zimmer, solange uns noch Zeit dazu bleibt", klang Ruths Stimme vom anderen Ende der Küche herüber.

Die Schritte verstummten. Der Lichtschein wurde

schmaler. Morris hatte bestimmt die Hand auf dem Türknauf!

Susan hielt den Atem an. Bestimmt konnte er ihr Herz hämmern hören – sie hatte das Gefühl, als würde es jeden Moment bersten.

„Ich dachte, sie kann jeden Augenblick zurück sein", grunzte Morris. „Entscheide dich endlich!"

„Oben vom Fenster aus können wir sehen, wenn sie kommt", sagte Ruth beharrlich. „Kommst du jetzt, oder nicht?"

„Bestimmerische alte Ziege", hörte Susan Morris in seinen Bart brummen. „Warte nur, bis ich die Diamanten sicher in der Tasche habe ..."

Dann schlug die Tür zu, und Susan war wieder im Halbdunkel des Abstellraumes allein. Sie wartete, bis sie beide schwerfällig die Treppe hinaufstampfen hörte, drehte sich dann schnell um und entfloh durch die Hintertür.

Sie lehnte sich gegen die nackten Bruchsteine der Mühle, rang nach Atem und kämpfte mit den Tränen. Sie wollte davonlaufen, aber wohin sollte sie bloß gehen? Onkel Morris war ein hoch angesehener Versicherungsagent. Tante Ruth war Mitglied in sämtlichen bedeutenden Frauenvereinen in ihrer Stadt. Sie waren ihre rechtmäßigen Pflegeeltern. Wer würde ihr schon die wilde Geschichte abkaufen, dass die beiden Pläne schmiedeten, um sie um ihr Erbe zu bringen? Niemand. Sie konnte schon die Stimme ihrer Tante hören: Meine Nichte war ja schon immer ein wenig sonderbar, genauer gesagt, seit diesem Unfall, Sie wissen schon ... und dann, als auch noch ihr Großvater starb ...

Sie waren Erwachsene. Sie hatten alles und jeden auf ihrer Seite. Es sei denn, sie würde die Diamanten als Erste entdecken ...

In dieser Nacht beobachtete Susan, wie die Zeiger ihrer Uhr langsam durch die Stunden wanderten und lauschte auf das gleichmäßige Rauschen des Regens auf dem Dach über ihrem Kopf. Sie war fest entschlossen, nicht einzuschlafen.

Die Geister von Murdock's Mills waren ihre größte Hoffnung, dachte Susan. Sie waren von Anfang an hier gewesen und wussten über alles Bescheid, was sich je in der Mühle abgespielt hatte. Sie würden sie möglicherweise zu einem Geheimversteck führen, wenn sie nur mutig genug war hinzuhören und genau zu beobachten ...

Sie seien in ihrer Ruhe gestört, hatte Mrs. Barnes gesagt. Sie ginge ein gefährliches Risiko ein. Was, wenn sie sich gegen sie wandten?

Es war kurz vor Mitternacht, als Susan vom Flur her ein erstes Schluchzen vernahm. Es war noch zu früh, Hayden würde noch nicht im Garten sein!

Sie hatte ihre Tür verriegelt und lag zitternd im Bett, während das Weinen immer näher kam. Dann bemerkte sie ein fahles Licht, das sich um die Zimmertür bewegte. Voller Entsetzen sah Susan nasse Fußabdrücke auf dem Fußboden, die jetzt auf sie zukamen. Wie hatte sie nur glauben können, eine verschlossene Tür könne einen Geist aufhalten! Maudes Geist war einfach durch die Tür gegangen, als wäre sie überhaupt nicht da!

Das Licht blieb stehen und verwandelte sich dann langsam in die Gestalt von Maude Murdock mit ihrem langen, nassen Umhang. Um den Hals trug sie einen Blütenkranz aus Tränendem Herz. Ihr bleiches Gesicht war tränenüberströmt.

„Oh Vater!", weinte sie mit leiser, gequälter Stimme. „Was habe ich dir bloß angetan?"

Sie kam auf das Bett zu. Susan schnappte entsetzt nach Luft, als sie bemerkte, wie das Bett, in dem sie lag, im Licht zu pulsieren schien und seine Größe und Form veränderte, je näher die Gestalt kam.

Da war plötzlich ein schrecklicher, übler Geruch im Raum. Susan wandte sich halb um und sah gleich neben sich eine weiße Gestalt schweben, ausgestreckt unter einem Laken, mit weit aufgerissenen, starren Augen im kreideweißen Gesicht. Hier ging etwas vor sich! Ihr Bett verschwand, und das Bett des Mannes wurde immer klarer und solider. In der nächsten Minute würde sie womöglich neben dem sterbenden Müller liegen!

Furcht und Abscheu schnürten ihr die Kehle zu, doch Susan brachte es fertig, sich aus dem Bett zu winden und durch das Zimmer in eine Ecke zu huschen. Jetzt war das Bett des Müllers ganz deutlich zu sehen – kürzer und höher als ihr schmales Feldbett und ganz aus poliertem Messing.

„Vater, ich habe dich für einen Mann hintergangen, der mich nicht einmal liebt!" Der Geist von Maude beugte sich über das Bett, Tränen und Wasser tropften herab. „Ich habe die anderen Soldaten reden hören – Captain Treleavan will die Schleusen fertigstellen und dann als Held heimkehren. Es ist ihm gleichgültig, was mit uns geschieht! Ich war ja so dumm, kannst du mir je verzeihen?"

„Niemals!", brach es aus dem kranken Mann zwischen mehlverkrusteten Lippen hervor.

Das Mädchen sank neben dem Körper ihres Vaters auf die Knie und ergriff seine Hand. „Dann kann ich nicht mehr weiterleben! Ich habe unser beider Leben zerstört und noch ein weiteres. Oh mein armes, hilfloses ..."

„GEH!" Sam Murdock hob eine schlaffe Hand und zeigte mit einem langen weißen Finger auf sie. „Du bist nicht mehr länger meine Tochter!"

Die bekümmerte Gestalt des Mädchens erhob sich, noch immer schluchzend und schwebte, die Kapuze tief ins Gesicht gezogen, durch die Wand neben Susan. Sie spürte, wie ihr die feuchte Kälte durch Mark und Bein ging, als Maude Murdock das Zimmer verließ.

Der Mann im Bett krümmte sich vor Schmerzen. Er warf die Arme hoch, so als wolle er nach etwas greifen – und dann waren er und das Bett auf einmal verschwunden.

Susans schmales Eisenbett erschien wieder an seinem Platz. „Ich weiß, was jetzt passiert", flüsterte sie zu sich selbst. Irgendwo dort draußen im Sturm würde sich Maude von der Brücke in den Teich vor der Mühle stürzen.

Susan rappelte sich hoch und trat an das Fenster. Es goss in Strömen, man konnte kaum etwas erkennen. Die Bäume unten im Garten bogen sich heftig im Wind. Hayden würde ihr Pfeifen nie und nimmer durch das Heulen des Sturmes hören können, ob er nun hier war oder nicht.

Auf einmal tat es einen Knall, ein gewaltiges BUMM!, dessen Echo durch den Wind widerhallte und die Wände der Mühle erschütterte. Susan riss ihre Zimmertür auf und floh hinaus auf den Flur. Der Geruch von Feuerwerk, von Schwarzpulver hing in der Luft. Es hatte eine Explosion gegeben!

„Vielleicht war's ihr Onkel, der eine Wand rausgesprengt hat, um die Diamanten zu finden!", meinte Alex aufgeregt.

„Vergiss nicht den Geruch von Schießpulver", sagte Jo langsam. „Ich glaube, dass Susan ein Geräusch aus der Vergangenheit gehört hat – die Explosion, die Haydens Urgroßvater getötet hat!"

„Warum fragen wir nicht das Scrabblespiel – du bist wieder dran, Alex", warf Charlie mit Gruselstimme ein.

„Tu's lieber nicht." Louise verkroch sich tiefer in

ihren Schlafsack. „Die Geschichte ist doch so schon gruselig genug!"

„Ich bin sicher, dass Susan die Explosion von damals gehört hat", sagte Alex. „Schaut mal! Ich kann das Wort SPUKTE legen!"

Kapitel 11

„Spukte? Keine schlechte Punktzahl!", rief Charlie. Sie kritzelte das Ergebnis auf ein Blatt Papier. „15 Punkte – wow!"

„Aber hat sie Recht? War's denn die Explosion von Schwarzpulver, die Susan gehört hat, oder hat Onkel Morris was in die Luft gejagt, um die Diamanten zu finden?"

„Mach mit der Geschichte weiter!", drängte Louise.

„Ich muss erst was essen ..." Charlie tauchte ab in die Kühlbox. „Käse und Kräcker, Kokosmakronen, mehr Limo ... was nehm ich denn jetzt?" Sie warf alles nacheinander auf ihren Schlafsack.

„Wie kannst du schon wieder Hunger haben?", brummte Alex. „Du hast eben eine ganze Tüte Karamell verschlungen!"

„Das Geschichtenerzählen kostet eben eine Menge Energie", seufzte Charlie. „Aber gut, wenn ihr drauf besteht, dann nehm ich eben nur einen ganz kleinen Happen ..."

Die anderen warfen sich auf sie, stopften alles zurück in die Kühlbox, schlugen den Deckel zu und hielten Charlie so lange am Boden fest, bis sie vor Lachen nicht mehr konnte. „Okay, okay, ich erzähl weiter. Lasst mich nur kurz wieder in Stimmung kommen ..."

Charlie setzte sich in den Schneidersitz, die Hände auf den Knien und die Augen geschlossen. Alex, Jo und Louise machten es sich wieder in ihren Schlafsäcken bequem. „Das Schlimmste erwartete Susan erst noch", sagte sie schließlich mit gedämpfter Stimme, „hört gut zu ...!"

Auf dem Flur war der Pulvergestank noch stärker. Er würgte Susan im Hals und ihre Augen brannten, als sie langsam die Teppe hinunterstieg. Konnten Morris und Ruth denn nichts riechen? Sie rechnete damit, ihnen im zweiten Stock zu begegnen.

Aber der Hauptraum im zweiten Stock war völlig

verwandelt. Statt antiker Möbel sah sie schattenhaft Säcke mit Getreide und Mehl, Schaufeln, Behälter und Waagen – die ganze Ausstattung einer intakten Mühle. In der Mitte des Raumes bot sich ein schrecklicher Anblick. Der Müller stand unter einer flackernden Laterne, von Kopf bis Fuß mit weißem Mehl bedeckt. Er vergrub das Gesicht in seine Hände, stöhnte und wankte hin und her. „Meine Tochter, mein einziges Kind ...", murmelte er gebrochen.

Auf einer niedrigen Holzpritsche lag ausgestreckt ein schlaffes, tropfendes Etwas. Es war Maude, ein Gewirr von Wasserpflanzen an den Beinen, das leblose Gesicht blau vor Kälte, der lange nasse Mantel hing schwer an ihr herunter.

Dies war wohl der Ort, wohin sie Maude gebracht hatten, nachdem sie ertrunken war, dachte Susan.

„Was habe ich nur getan?" Der Müller rang in seiner Trauer und Verzweiflung die Hände und sackte neben Maudes Körper zu Boden.

Wie hatte er die Kraft gefunden, von seinem Krankenbett aufzustehen?, fragte sich Susan.

In diesem Augenblick flog krachend die Tür auf. Eine Gestalt taumelte aus dem Schatten in den Schein der Lampe. Der strenge Geruch von Schießpulver war fast unerträglich.

Susan stockte der Atem und sie wandte sich ab. Captain Treleavans Gesicht war blutüberströmt und geschwärzt von Verbrennungen durch das Schießpulver. Die karminroten, gekreuzten Schärpen seiner dunkelblauen Uniform waren ebenfalls verkohlt und von einem leeren Ärmel sickerte Blut herab.

„Maude!", flüsterte er. Er stolperte vorwärts und brach bei der Bank zusammen.

„Wie können Sie es wagen, hierher zu kommen ...", krächzte der alte Mann.

„Ich werde sterben, Sir", antwortete Treleavan. „Es hat einen Unfall mit dem Pulver gegeben – bei den Schleusen wurden viele getötet."

„Sie haben meine Tochter getötet!" Sam Murdock hob die Fäuste über seinen Kopf, als wollte er Treleavan mit bloßen Händen umbringen. „Sie hat bei den jungen Offizieren mit angehört, dass Sie abreisen wollten, dass Sie sich nie etwas aus ihr gemacht hätten. Es hat ihr das Herz gebrochen."

„NEIN!" Treleavan blickte auf, seine Augen brannten. „Das war eine Lüge. Oh, meine arme, arme Maude, und du hast ihnen geglaubt. Du dachtest, ich würde dich hintergehen! Du dachtest ... weil du nicht perfekt warst, hast du geglaubt, dass dich nie jemand wirklich lieben könnte!"

Er blickte zum alten Müller auf und der Ausdruck seiner Augen war ein schrecklicher Anblick. „Das war nicht die Wahrheit, Sir", keuchte er. „Ich habe Maude geliebt. Wir haben heimlich geheiratet – wir haben einen Sohn. Aber sie wollte sich nicht von Ihnen abwenden. Sie hat mich immer wieder angefleht, die Mühle zu retten!"

Treleavans Kopf sank auf Maudes tropfenden Mantel. „Wir haben sie beide getötet, wir, die sie liebten. Sie hätte leben sollen, und Freude an ihrem Kind haben ..." Seine Stimme verebbte. Die Blutlache neben ihm vermischte sich mit dem Wasser aus Maudes Mantel und lief als dünnes Rinnsal über den Fußboden.

Es entstand ein Augenblick des Schweigens. Susan fühlte, wie ihr die Tränen über die Wangen strömten. Die drei Geister waren dazu verdammt, diesen Augenblick für alle Zeiten wieder und wieder zu durchleben – diesen Moment, wo sie erkannten, wie sinnlos all ihr Hass, ihre Eifersucht und ihre Angst gewesen war. Wenn doch nur ...!, dachte Susan. Wenn Maude doch nur nicht den anderen Offizieren geglaubt hätte. Wenn sie doch nur dem Captain vertraut hätte. Wenn sie Sam doch nur gesagt hätten, dass sie verheiratet waren, und wenn Sam doch nur nicht so eifersüchtig und stur gewesen wäre – dann hätte keiner von ihnen sterben müssen, dann hätte dies alles nicht zu geschehen brauchen!

Plötzlich war es, als könne Sams Geist ihre Gedanken hören. Er ließ die Hände sinken. Er starrte einen Augenblick auf die Umrisse der beiden leblosen Gestalten vor ihm. „Sie hat mich um Verzeihung gebeten", murmelte er gebrochen. „Und es war immer nur ich, die ganze Zeit über, der im Unrecht war. Jemand wird büßen!" Seine Stimme schwoll an vor rasender Wut. „Jemand wird dafür büßen!"

Der Geist des Müllers kam schnell auf Susan zu, die

langen weißen Arme nach ihr ausgestreckt. Das Fieber brannte in seinen Augen.

Susan drehte sich um und stolperte. Wenn sie doch nur rennen könnte!

Sie fühlte die Macht seines Zornes hinter sich, als sie sich hastig ihren Weg durch die Säcke und Geräte der Mühle bahnte.

„Jemand muss es büßen!", rief ihr die raue, alte Stimme ins Ohr. „Jemand muss büßen ...", hörte sie wie ein Echo die hohe, verzweifelte, schmerzvolle Klage seiner Tochter Maude. „Büßen!", donnerte die tiefe Stimme von Captain Treleavan.

Sie waren dicht hinter ihr. Sie waren überall um sie herum, kreischten, heulten und brüllten ihren Schmerz heraus. Zu spät sah Susan die Öffnung im Fußboden, darunter das Mahlwerk. Sie lag gähnend vor ihr, schwarz und bodenlos.

Außerstande noch anzuhalten, trat Susan in das Dunkel und fiel mit den Füßen voran durch das Loch.

·

Kapitel 12

Der leere Raum war zu einer dreiseitig geschlossenen, hölzernen Rutsche geworden. Susan rutschte darin abwärts und landete dumpf in einem Haufen Kornsäcke am Boden. Es roch nach Mehlstaub, man hörte das Wasser durch die Mühle rauschen und das sich drehende Mühlrad.

Und dann plötzlich war der Geruch verschwunden und das Heulen des Sturmes draußen kehrte wieder zurück. Statt eines sich drehenden Mühlsteines war da nur eine eiserne Turbine, verrostet und bewegungslos. Der Spuk war vorüber – für diesmal.

Susan erhob sich von dem kalten Steinboden. Das einzige, woran sie denken konnte, war, dass Maude ein Baby hatte. Einen Jungen. Irgendwie hatte sie es geschafft, ihre Heirat und das Baby geheim zu halten. Doch was war mit ihm geschehen, nachdem sie alle tot waren? Das arme Kind, weder Vater noch Mutter oder Großvater. Es war völlig allein in der Welt zurückgeblieben, genau wie sie selbst.

Im nächsten Moment hörte sie Schritte auf dem Fußboden über ihrem Kopf und sah einen Lichtschein, der durch das Loch fiel. Es waren Morris und Ruth auf der Pirsch.

„Ich bin hier unten", rief Susan und blickte nach oben. Das Licht schien in ihr ins Gesicht.

„Was machst du da unten im Mahlwerk?", erklang die verwunderte Stimme ihrer Tante.

„Was verloren?" Onkel Morris' Stimme klang hinterhältig und misstrauisch.

„Nein", sagte Susan. „Ich habe Stimmen gehört und es hat nach Pulverdampf gerochen. Ich dachte, ich hätte etwas gesehen ..."

Tante Ruths gespitzte Lippen und schmale Augen erschienen neben der Lampe. „Und du hattest solche Angst, dass du geradewegs durch das Loch gefallen bist. Siehst du, Morris, habe ich es nicht gesagt? Das Mädchen schlafwandelt. Sie hätte tot sein können."

„Ein Wunder, dass sie es nicht ist", sagte Morris. Dann zog er seinen Kopf zurück und raunte ihrer Tante etwas zu, das Susan nicht verstehen konnte.

Sie konnte Ruths heiseres Flüstern hören: „Nicht so voreilig, Morris. Vielleicht weiß sie irgendetwas. Ich kann nicht glauben, dass sie ein ganzes Stockwerk tief auf einen harten Steinboden gefallen ist und sich nicht einmal etwas gebrochen hat."

Tante Ruths Kopf erschien wieder in der Öffnung. „Bist du sicher, dass du dort unten nichts gefunden hast?", fragte sie mit vornehmster Höflichkeit in der Stimme.

Sie müssen mich für komplett dumm halten!, dachte Susan. Ihre beste Chance war mitzuspielen – sich wie ein hilfloses Kind zu verhalten.

„Nein ...", sagte sie und ließ ihre Stimme zitternd klingen. „Ich hatte zu viel Angst, um nach irgendetwas zu suchen."

„Ich komme runter und helfe dir da heraus", sagte Morris. „Rühr dich nicht von der Stelle!"

Es lag eine gefährliche Kälte in seiner Stimme. Susan wusste, was für eine perfekte Gelegenheit dies war, wenn er ihr etwas antun wollte. Sie hatte bereits einen Unfall erlitten – beim Schlafwandeln – und wie leicht würde es sein, alles so aussehen zu lassen, als hätte sie sich beim Sturz den Kopf angeschlagen.

. Sie musste hier herauskommen und zwar schnell. Morris musste zur Küche gehen, eine Tür öffnen, ein paar Stufen hinabsteigen und den Weg durch das alte

Getriebe der Mühle finden. Es blieben ihr noch ein paar Sekunden.

Susan suchte nach einem anderen Ausgang, doch das Fundament der Mühle war gegen das Eindringen von Wasser versiegelt. Die einzige Öffnung war dort, wo das Wasser durch eine große runde Röhre in die Turbine floss, und eine zweite, wo es wieder hinausfloss.

Susan kletterte auf die Abflussröhre. Wenn sie nur irgendwie hineinklettern und durch den Fluss entkommen könnte. Sie war sich nicht ganz sicher, doch sie glaubte nicht, dass noch Wasser in den Röhren war. Es waren Jahre vergangen, seit sich die Turbinen das letzte Mal gedreht hatten.

Sie ertastete sich im Dunkeln ihren Weg nach unten über die gewölbte Oberfläche der großen Röhre. Da! Sie hatte eine Art von Ventil gefunden. Es konnte ein Weg in die Röhre sein. Sie versuchte das Ventilrad aufzudrehen, doch es war eingerostet.

Schon konnte sie Onkel Morris auf der Treppe hören. „Susan? Wo bist du?"

Sie rang verzweifelt mit dem Ventil. Es musste sich öffnen lassen, damit sie in das Rohr klettern konnte.

Morris' Lampe erschien und leuchtete auf dem Fußboden umher. „Ruth! Sie ist nicht mehr hier!", rief er zu seiner Frau hinauf.

„Mach dich nicht lächerlich, Morris! Sie muss da sein. Such sie!"

Susan hörte Morris brummen: „Wo ist das verflixte

Ding bloß hingegangen ... kann doch mit dem verkrüppelten Bein nicht so flink sein ..."

Ach nein? dachte Susan. In diesem Augenblick fühlte sie eine solche Wut, dass sie bereit gewesen wäre, vom Rohr zu springen und Morris mit bloßen Händen anzugreifen. Sie riss nochmals mit einem gewaltigen Ruck an dem Rad.

Es löste sich und fiel ab, völlig verrostet nach all den Jahren der Vernachlässigung.

Morris Lampe leuchtete herauf und fing Susan im Lichtstrahl ein. Sie sah sein verblüfftes Gesicht. Mit aller Kraft schleuderte sie ihm das Ventilrad entgegen und wand sich durch die rostige Öffnung in der Röhre. Über sich hörte sie Morris fluchen. Er war zornig. Er musste auf die Röhre geklettert sein und ging nun auf ihr entlang. In seiner Wut schlug er mit etwas Schwerem auf das Metall. Rostsplitter fielen Susan ins Haar und das Hämmern dröhnte im Rohr, bis ihre Ohren schmerzten. Hatte er einen Hammer in der Hand? Onkel Morris war zu groß um durch das kaputte Ventil zu klettern, doch die gesamte Röhre war verrostet. Er konnte das Loch mit Leichtigkeit vergrößern und ihr dann folgen. Sie durfte nicht hier bleiben.

Susan kroch auf Händen und Knien den Metalltunnel hinab. Es war wie im Innern einer rostigen Blechdose. Sie hörte, wie das Rauschen des Flusses näher kam. In wenigen Minuten würde sie die Grundmauern der Mühle passiert haben.

Das Ende der Röhre lag tief im Fluss.

Es gab keine Möglichkeit herauszufinden, wie lange sie wohl unter Wasser die Luft anhalten musste, doch dies war ihr einziger Weg ins Freie!

Als sie das Wasser erreichte, holte sie tief Luft und tauchte in den kalten, dunklen Fluss.

Es schien eine Ewigkeit zu dauern, bis die Röhre wieder aufwärts führte. Susan war eine gute Schwimmerin, doch das Rohr bot ihr kaum genug Platz für die Arm- und Beinschläge.

Schließlich fühlte sie die Metallkante und den freien Raum dahinter. Mit einem letzten verzweifelten Stoß strebte sie aufwärts, um wieder an die Luft zu kommen.

Ihr Kopf durchbrach die Wasseroberfläche mitten in einem heftigen Gewitter. Es schien ebenso viel Wasser vom Himmel zu fallen, wie im Fluss dahinströmte. Susan schwamm in Richtung Ufer, während Blitze über den Himmel zuckten und die Bäume sich im Wind beinahe bis zum Boden neigten.

Sie krabbelte durch Schilf und Gras das Ufer hinauf, blieb einen Augenblick liegen und rang nach Luft. Doch sie durfte nicht hier bleiben. Das Gewitter war so nah – so dicht am Wasser war sie ein perfektes Opfer für einen Blitzschlag.

Susan hob den Kopf und kämpfte sich auf die Knie. Eine Gestalt ragte in der Dunkelheit auf. Hayden!, dachte sie voller Freude. Endlich war er doch gekommen.

Doch als die Gestalt schwerfällig näher kam, sah sie,

dass sie für Hayden zu groß und schwer war. Susan spürte das Wasser um sich herum wie einen kalten Hauch der Verzweiflung. Morris hatte ihr gar nicht durch die Abflussröhre zu folgen brauchen. Er hatte sich nur ausrechnen müssen, wo sie an Land kommen würde!

Sie wandte sich wieder dem Fluss zu. Lieber Blitzschlag oder Ertrinken als Onkel Morris!

„Ich halt's nicht aus", kreischte Alex. „Gerade, als sie dachte, sie hätte es geschafft!"

„Na, wer unterbricht jetzt die Geschichte?", kicherte Charlie. „Gib mir mal die Weingummischlangen, Jo, ich krieg eine neue Hungerattacke."

Jo riss die Tüte auf und reichte sie schweigend herum. „Wenn man sich vorstellt, dass das alles gleich da drüben in der Mühle passiert ist!", meinte sie schaudernd. „Kein Wunder, dass du gesagt hast, du würdest nachts auf keinen Fall dort hingehen!"

„Ich will nur eins wissen ... hat Susan das Ganze überlebt?", wisperte Louise. „Grässlich, was sie durchgemacht hat!"

„Sucht die Antwort doch im Scrabble ...", sagte Charlie mit ihrer geisterhaften Stimme. „Das Spielbrett weiß alles."

„Ich weiß nicht mal, wer dran ist ...", hauchte Louise.

„Ich bin dran." Jo setzte sich auf, den Schlafsack wie eine Decke um die Schultern gezogen. „Aber ich hab nur Konsonanten, N und G. Was soll ich denn damit legen?"

„Leg ENGE", sagte Alex plötzlich. „Das passt zur Geschichte."

Kapitel 13

„Es ist ihr sicher ziemlich eng vorgekommen, dort drin in der Röhre, von ihrem Onkel verfolgt", meinte Jo. „Dort war's sicher noch um einiges finsterer als in diesem Zelt."

„Und dann noch all die grässlichen Gespenster, die sie angegriffen haben!" Louise kuschelte sich tiefer in ihren Schlafsack. „Ihnen hätte doch eigentlich klar sein müssen, dass Susan nichts dafür kann!"

„Geister scheinen oft auch nicht viel zu begreifen, das ist auch mit das Unheimlichste an ihnen", stimmte Charlie ihr zu, den Mund voller Weingummis. „Man denkt, dass sie nach dem Tod eigentlich etwas Weises oder Interessantes zu erzählen hätten – irgendwas darüber, wie es so ist, wenn man gestorben ist. Aber das ist nie so. Sie schweben immer nur rum und jagen den Leuten Angst ein!"

„Wie ist Susan denn ihrem Onkel entkommen?", fragte Jo. „Kannst du jetzt bitte weitererzählen, Charlie, und hör auf, auf diesen blöden Schlangen rumzuknatschen!"

„Einen Moment noch." Alex jonglierte wieder mit ihren Buchstaben. „Schaut mal! Ich kann FLUCHT legen, indem ich das L in NEBEL verwende."

„48 Punkte!" Jo notierte kopfschüttelnd die Punktzahl. „Du bist absolut genial in diesem Spiel!"

„Aber überlegt bloß mal, wie das wieder zur Geschichte passt!", sagte Louise mit einem Schaudern.

„Susan muss aus der Mühle fliehen, und Alex legt dieses Wort!"

„Sehr seltsam", murmelte Charlie und spülte die letzte grüne Weingummischlange mit einem Schluck Limo hinunter. „Okay, wir sind also wieder am Fluss, dort wo er unter der Mühle rausfließt. Blitze zucken, Donner grollt, und vor Susan erscheint eine Silhouette, die nicht Hayden gehört ..." Charlie senkte die Stimme und ihre Augen glitzerten im Schein der Taschenlampen, als sie mit der Erzählung fortfuhr.

Susan kämpfte sich wieder quer durch den Fluss, weg vom Ufer und der hoch aufragenden Gestalt, die dort auf sie wartete.

„Wer ist denn da?", hörte sie eine Stimme durch das Krachen des Donners und den strömenden Regen rufen. „Sofort raus aus dem Wasser! Das ist ja lebensgefährlich!"

Es war nicht Hayden und auch nicht Onkel Morris. Susan kehrte um und schwamm mit all ihrer Kraft wieder in Richtung Ufer. Ein gewaltiger Blitz schlug in einen Baum zu ihrer Rechten ein und gleich darauf fiel er mit einem mächtigen Klatschen ins Wasser. Es schien beinahe so, als erfüllte der Zorn von Maudes Vater das gesamte Universum.

Die Gestalt an Land watete in hüfthohen Fischerstiefeln ins Wasser. Starke Hände packten Susans Arme und halfen ihr an Land. Der Mann warf die Kapuze seines Regenmantels zurück und Susan erkannte Gabriel Peck. In seiner nassen Fischerkleidung wirkte er viel massiger als in seinen Alltagskleidern.

„Bloß gut, dass du so eine gute Schwimmerin bist, junge Dame", sagte er. „Aber was in aller Welt hast du bei einem Gewitter im Fluss zu suchen? Weißt du denn nicht, wie gefährlich das ist?"

Susan nickte, sie konnte vor Erschöpfung kaum sprechen. „Wo ist Hayden?", krächzte sie.

„Hayden hatte einen Unfall mit seiner Motorsäge." Gabriel Peck half Susan auf die Füße. „Er ist drüben im Blockhaus bei der Pension ..."

„Geht es ihm gut?", fragte Susan besorgt. Sie hatte Hayden beobachtet, wie er die vom Eissturm beschädigten Bäume mit der lärmenden Motorsäge zerlegte. Es hatte immer so gefährlich ausgesehen!

„Der Arzt war da und er kommt wieder in Ordnung, aber er hat mich gebeten herzukommen und nach dir zu sehen, da er für eine Weile nicht aufstehen darf."

„Können Sie mich mitnehmen, damit ich ihn sehen kann?", fragte Susan.

„Sicher. Aber willst du nicht zuerst reingehen und dir ein paar trockene Kleider und Regensachen anziehen?"

„Nein!" Susan packte seinen Arm. „Diese Geister, von denen Sie mir erzählt haben – der Pionier mit dem blutigen Arm und der Müller, ganz voller Mehl – sie sind hinter mir her! Meine Tante und mein Onkel glauben mir nicht, sie werden mich zwingen hier zu bleiben!"

Gabriel Peck blickte sie mitfühlend an. „Also hast du sie gesehen", nickte er. „Ich auch. Na gut, ich nehme dich mit zu Hayden."

Hayden lag auf einem Feldbett im Blockhaus hinter der Pension. Sein Arm war dick bandagiert, und sein normalerweise gebräuntes Gesicht war blass. „Susan, bin ich froh dich zu sehen", rief er aus. „Danke, Gabe."

„Sie war nicht oben in ihrem Zimmer", erklärte Gabriel. „Sie war unten im Fluss. Sie wird's dir schon erzählen. Ich lasse euch zwei jetzt allein und gehe ins Bett. Aber macht mir ja keine Dummheiten!"

„Als ob ich so aussehe ..." Hayden hob seinen verbundenen Arm. „Ich werde in nächster Zeit überhaupt nicht viel machen."

„Wie ist das denn passiert?" Susan starrte ihn an.

„Es war erst bei Sonnenuntergang", seufzte Hayden und ließ sich ächzend zurück auf sein Kissen sinken. „Ich hatte beschlossen noch einen letzten Baum zu zersägen – es ist immer dieser allerletzte Baum, wo es dich erwischt! Ich war schon fast durch, da traf die Säge auf einen Knoten und sprang hoch. Ich hatte ein Riesenglück, dass der Arm noch dran ist!"

Susan schluckte. Sie sah nur noch Captain Treleavan vor sich, den Königlichen Pionier mit seinem blutigen, leeren Ärmel.

„Wie auch immer, das wird eine hübsche Narbe geben", sagte Hayden.

„Dann haben wir beide etwas ..." Susan sah hinunter auf ihr Bein.

„Mach dir nicht so viele Gedanken wegen deines Beins", sagte Hayden sanft. „Das ist doch unbedeutend. Es fällt kaum jemandem auf. Mir auch nicht."

Susan dachte an Captain Treleavan, als er Maudes Vater sagte, dass sie wegen ihrer kaputten Hüfte und ihres Hinkens nie an seine Liebe geglaubt hatte. Bei ihr war es dasselbe mit Hayden – kein Vertrauen, immer dagegen gewappnet, dass er sich über sie lustig machen könnte ...

„Hey!" Er grinste. „Hast du schon gemerkt, dass du mein ganzes Bett volltropfst? Dort drüben im Schrank sind trockene Kleider. Nimm sie einfach mit ins Bad und zieh dich um. Danach kannst du mir erzählen, wie du in den Fluss geraten bist."

Susan schlüpfte in Haydens Jeans und in eins seiner Flanellhemden. Die Kleider rochen nach ihm, nach Holzfeuer und nach dem Wasser des Sees. Als sie in das Zimmer zurückkam, waren seine Augen geschlossen und eine Strähne seines braunen Haares fiel ihm in die Stirn. Er sah wie ein kleiner Junge aus.

Susan strich ihm das Haar zurück und er öffnete die Augen. „Puh! Diese Schmerzkiller, die mir der Doc gegeben hat, machen mich ganz fertig."

„Tut es sehr weh?"

„Nein. Es ist taub. Erzähl mir, was in der Mühle passiert ist."

Susan berichtete ihm alles. „Und jetzt bin ich hier,

tropfnass, und du liegst da mit deinem verletzten Arm. Es gefällt mir irgendwie nicht, wie sich die Vergangenheit in der Gegenwart wiederfindet!", schloss sie. „Als ich den Knall gehört habe, muss das wohl der Donner gewesen sein."

„Und Treleavan, der Pionier, wurde durch die Explosion getötet?", fragte Hayden nachdenklich.

„Ich habe ihn sterben sehen", sagte Susan. „Das ganze Blut ist einfach ... aus ihm herausgeströmt."

Hayden drückte ihre Hand. „Offiziere kamen bei diesen Schwarzpulverunfällen normalerweise nicht ums Leben", sagte er. „In der Regel waren es nur die Arbeiter. Es hieß immer, nur die Iren seien so dumm, dass sie sich selbst in die Luft jagten. Aber das war keine Dummheit – es geschah nur aus dem Grund, weil ihnen niemand zeigte, wie man es richtig machte. Niemand scherte sich darum!"

„Erzähl mir etwas über deine Vorfahren, die die Schleuse gebaut haben ..." Susan ließ ihre Hand in der seinen ruhen. „Über meine weißt du ja alles."

„Sie kamen hierher um Arbeit zu finden und Nahrung und Land", sagte Hayden. „Manchmal haben sie den ganzen Tag gearbeitet, um das Haus eines Engländers zu errichten, und kehrten danach zurück, um noch ihre eigene Aufbauarbeit zu leisten. Am Kanal haben sie wie Sklaven geschuftet und in kalten Hütten ohne Bett geschlafen – nur auf Pritschen mit Stroh. Im Winter sind sie vor Kälte gestorben und im Sommer am Fieber, und sie wurden bei den Sprengungen für die großen Sandsteinblöcke, die für die Schleusen gebraucht wurden, in Stücke gerissen oder bei Sprengungen des Grundgesteins für den Kanalbau – so wie hier in Murdock's Mills."

Er schüttelte den Kopf. „Entschuldige, wenn ich ununterbrochen rede", sagte er. „Das sind diese Schmerzmittel. Ich möchte mehr über den Spuk hören. Du hast gesagt, die Geister lassen Ruth und Morris in Ruhe?"

„Bis jetzt schon." Susan lächelte grimmig. „Sie haben sich anscheinend mich ausgesucht. Und jetzt, wo mein Onkel weiß, dass ich Angst vor ihm habe, bin ich in der Mühle nicht mehr sicher."

„Was hast du denn jetzt vor?" Hayden hielt noch immer ihre Hand.

„Ich habe schon auf dem Weg hierher darüber nachgedacht", sagte Susan. „Ich werde die Diamanten finden und dann irgendwohin verschwinden, wo mich Ruth und Morris nicht finden können."

Kapitel 14

„Das mit den Diamanten ist eine gute Idee", sagte Hayden, „aber du kannst nicht weglaufen. Ruth und Morris sind deine rechtmäßigen Pflegeeltern. Sie haben das Gesetz auf ihrer Seite!"

„Irgendwelche anderen Vorschläge?", fragte Susan. „Ich kann nicht einfach zurückgehen und darauf warten, dass Morris einen Unfall inszeniert, um mich loszuwerden!"

„Ich habe mir überlegt, dass wir selbst für ein wenig Spuk sorgen könnten. Die Geister der Mühle scheinen ja keine große Hilfe zu sein." Hayden strich sich die Haare aus der Stirn und grinste sie an. „In einem langen, nassen Mantel könntest du Maude spielen, und ich den mehlbedeckten Müller. Vielleicht würde das deine Tante und deinen Onkel in die Flucht schlagen."

„Bist du verrückt?", sagte Susan. „Du bist auch so schon bleich genug für ein Gespenst, auch ohne Mehl. Du musst im Bett bleiben."

„Mir geht's gut", sagte Hayden. „Deinem Onkel muss es ja schon unheimlich vorkommen, wie du aus der Mühle verschwunden bist. Vielleicht würde er ja sogar denken, es wäre dein Geist, der zurückgekommen ist, um ihn heimzusuchen!"

„Hayden, du bleibst im Bett ..." Susan versuchte ihn zurückzuschieben.

Doch Hayden setzte sich auf und griff nach seinem Hemd. „Sag mir nicht, was ich tun und lassen soll. Ich bin drei Jahre älter als du. Außerdem, es ist die ideale Nacht für einen ordentlichen Spuk, bei diesem Sturm."

„Du würdest keine Witze darüber machen, wenn du die echten Geister gesehen hättest!" Susan starrte ihn an. Obwohl sie dagegen ankämpfte, wuchs ihre Begeisterung. „Und wo bekommen wir eine größere Menge Mehl her?"

„Aus der Küche der Pension." Hayden wühlte in den Taschen seiner Jeans und zog seine Schlüssel hervor. „Gehen wir."

Sie schlüpften durch die Küchentür in die Mühle zurück. Hayden hatte in seinem Laster zwei kleine Taschenlampen gefunden. Sie leuchteten grünlich, wenn man sie unter die Kleidung schob. Die Blitze erhellten die Küche noch immer mit unheimlichem Licht. Krachender Donner ließ die alten Mauern erzittern.

„Sie müssen wach sein", flüsterte Hayden. „Kein Mensch könnte bei dem Lärm schlafen!"

Susan zitterte in ihrem nassen Mantel. Hayden sah absolut erschreckend aus, von Kopf bis Fuß mit Mehl bedeckt. Seinen verbundenen Arm hatte er ins Hemd gesteckt, um ihn zu stützen.

„Hier entlang ..." Sie ging voraus in den zweiten Stock. „Ich werde schluchzen und weinen, und du schreist, dass ich dich hintergangen hätte!" Sie bemerkte, dass Hayden sich auf das Geländer stützte. Er sollte nicht hier sein!

Susan begann zu jammern und mit der Faust gegen die Wand zu schlagen, als sie den Flur entlang zum Zimmer ihrer Tante und ihres Onkels gingen. Hayden schrie und riss auf ein Signal hin die Tür auf.

Ruth und Morris schossen wie von unsichtbaren Fäden gezogen in ihren Betten hoch.

Tante Ruth kreischte auf und zog sich die Decke über den Kopf, doch Morris sprang aus dem Bett.

„Das ist ein nur ein übler Trick!", rief er. „Raus hier. Raus aus diesem Zimmer."

Susan wich unwillkürlich zur Tür zurück und packte Haydens gesunden Arm. Es hatte nicht geklappt!

108

Plötzlich verspürte sie einen kalten Luftzug hinter sich. Ein eisiger Hauch strich an ihr vorbei. Da war der erstickende Geruch von Feuchtigkeit und Nässe. Dann der üble, fiebrige Geruch des alten Müllers und schließlich der bittere Gestank nach Pulverdampf. Alle drei waren sie in diesem Zimmer, die echten Geister von Murdock's Mills!

Und noch etwas war in diesem Raum – eine freundliche Macht, die Susan mit Wärme und Sehnsucht erfüllte – etwas so Vertrautes und Liebes, dass sie beinahe die Arme danach ausstreckte.

„Die sind es, die die Mühle verkaufen wollen!", hörte sie die Stimme eines alten Mannes. „Sie sind die Feinde. Rührt meine Enkeltochter nicht an!"

Großvater!

Die drei erzürnten Geister wirbelten um ihren Kopf. „Sie müssen büßen!", heulten drei wütende Stimmen und huschten auf die Betten zu.

„Komm!", schrie Susan Hayden zu. „Weg hier!" Sie riss an seinem Arm und wich zur Tür zurück. Das Letzte, was sie von ihrer Tante Ruth sah, war, wie ihr das Laken aus den verkrampften Fingern gerissen wurde, und ihr wächsernes, schreckensstarres Gesicht.

Hayden schlug die Tür hinter ihnen zu. Sie eilten zur Treppe.

„Was ist da drin passiert?" Haydens Augen im mehlbestäubten Gesicht waren wie dunkle Seen.

„Erzähle ich dir später", versprach Susan. „Geht es dir gut?"

Hayden wirkte geschwächt im Schein ihrer Taschenlampe. Susan bemerkte einen roten Blutfleck, der durch den weißen Verband seines Armes drang. „Ich muss dich hier rausbringen!", rief sie aufgeregt.

„Nein. Der Arzt hat gesagt, dass es noch etwas bluten könnte. Es ist schon in Ordnung ...", entgegnete Hayden. „Wir können jetzt nicht aufhören!"

„Mir ist da ein Gedanke gekommen, was die Diamanten betrifft", schnaufte Susan. „Es fiel mir ein, als der Donner die Wände erschütterte."

„Sag es mir!"

„Hier unten ..." Susan ging voran zu dem Loch im Fußboden. „Du erinnerst dich doch daran, dass du gesagt hast, dass die Turbinen die Steine in den Wänden gelockert haben – etwas darüber, dass das Getriebe nicht gleichmäßig läuft?"

Hayden nickte.

„Und was ist, wenn etwas im Getriebe steckt, das es blockiert – nur ein wenig – etwa ein kleines Säckchen mit Edelsteinen!"

Hayden nickte wieder. Das Sprechen strengte ihn an.

„Wir können ein andermal wiederkommen ..." Der Fleck auf Haydens Verband breitete sich aus. Er sollte sich hinlegen und ausruhen!

„Jetzt!" Hayden ergriff ihre Hand. „Durch die Geister haben wir etwas Zeit gewonnen. Diese Gelegenheit bietet sich vielleicht nie wieder."

So schnell sie konnten stiegen sie die schmale Steintreppe zum Mahlwerk hinab.

„Man muss ... es irgendwie ... auseinander nehmen", ächzte Hayden, während er oben mit aller Kraft an der Turbine zog.

„Halt! Sag mir, was ich tun soll", sagte Susan. Zehn Minuten später zog Susan ein kleines Päckchen aus dem Getriebe hervor. Durch die Verpackung konnte sie kleine harte Beulen fühlen.

„Die Diamanten!", rief sie und hielt es hoch in das Licht von Haydens Taschenlampe.

„Ja, die Diamanten", sagte eine raue Stimme hinter ihnen.

Erschrocken drehte sich Susan um.

Es war Onkel Morris. Sein langes, säuerliches Gesicht war wutverzerrt. „Ich habe das Schlimmste überstanden, was mir deine Geister antun konnten", knurrte er, „und jetzt bist du dran!"

„Dieser Onkel Morris ist ganz schön zäh!", japste Jo.

„Gier ist sehr mächtig", nickte Charlie. Sie langte nach dem Messer und dem Schokoladenkuchen.

„Du musst es ja wissen", lachte Alex herzlich. „Seit einer Stunde futterst du ununterbrochen!"

„Das ist keine Gier", sagte Charlie und schnitt den Kuchen an. „Das ist gesunder Appetit!"

„Da wir gerade von Gier reden, was ist eigentlich mit dem blutsaugenden Ungeziefer?", fragte Louise. „Ich finde, sie klingen nicht mehr so laut wie vorhin." Sie zog die Fensterklappe hoch. Ein paar einzelne Moskitos tanzten noch immer über den Netzstoff, doch der Schwarm hatte sich inzwischen auf etwa ein Dutzend reduziert.

„Ich schätze, sie gehen schlafen, wie alles andere auch."

„Alles außer Geistern", bemerkte Louise fröstelnd.

„Und Leuten, die irgendwo übernachten", ergänzte Jo.

Kapitel 15

„Wir sind mit dem Scrabble fast fertig", stellte Charlie fest. Sie legte unten in der Mitte das Wort NACHT. „Für Susan war das wohl die Nacht der Nächte. Louise, du bist dran."

„Ich hab mir meine Buchstaben aufgespart", antwortete Louise und legte sie langsam auf das Scrabble-Brett. Sie buchstabierte das Wort DIAMANT. „Schaut mal, das ist doch der Kern der ganzen Geschichte und nun hält Susan die Diamanten schließlich in ihren Händen!"

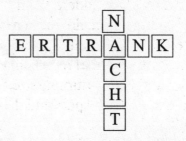

„Es ist noch nicht vorbei", warnte Charlie.

„Also los, dann erzähl schon weiter", befahl Jo. „Komm, Charlie, Schluss mit Kuchen, Plätzchen, Getränken. Sag endlich – hat Onkel Morris die Diamanten gekriegt?"

Charlie seufzte und nahm wieder ihren Schneidersitz ein. „Morris war sehr zäh und bösartig", sagte sie. Doch auch Susan und Hayden hatten gewisse Kräfte auf ihrer Seite!" Ihre Stimme wurde leiser, als sie wieder zur Geschichte zurückkehrte, zu dem Augenblick, wo Onkel Morris die Hand nach den Diamanten ausstreckte.

Morris versperrte ihnen den Weg die Treppe hinauf. Er streckte fordernd die Hand nach dem Päckchen mit den Diamanten aus. „Reicht sie mir einfach rüber", sagte er in bedrohlich ruhigem Ton, „und wir haben keine Schwierigkeiten mehr miteinander."

„Gib sie ihm lieber", meinte Hayden unsicher. „Wir haben wirklich keine andere Wahl."

Das schmierige Lächeln auf dem Gesicht ihres Onkels war zu viel für Susan. Sie hangelte sich hoch auf das rostige Rohr und warf die Diamanten in das Ventilloch. „Weg sind sie", triumphierte Susan. „Jetzt werden sie in den Fluss gespült und du wirst sie nie wieder sehen!"

Morris stürzte sich auf sie, doch Susan wich ihm geschickt aus. „Schnell, zur Treppe!", rief sie verzweifelt, floh mit Hayden die steinernen Stufen hinauf und schlug die Küchentür hinter ihnen zu.

„Hol einen Stuhl und klemm ihn unter die Klinke", sagte Susan. „Das wird ihn vielleicht einen Moment aufhalten.

Hayden stöhnte vor Schmerz, als sie einen schweren

Sessel herbeischleppten und ihn schräg unter der Klinke verkeilten.

„Jetzt nichts wie raus hier!", keuchte Hayden. „Die Küchentür ..."

Aber Onkel Morris war auf Nummer sicher gegangen. Er hatte die Tür abgeschlossen. Sie konnten ihn gegen die Kellertür poltern hören, die in den Angeln erzitterte.

„Rauf!", schrie Susan. „Meine Zimmertür lässt sich abschließen."

Sie kletterten in den dritten Stock hinauf, eilten in Susans kleines Zimmer und verriegelten die Tür hinter sich. Susan streifte den schweren, nassen Mantel ab, den sie die ganze Zeit getragen hatte. Sie reichte Hayden ein Handtuch, damit er sich das Mehl vom Gesicht wischen konnte. Als er den Arm hob, sah sie, wie er vor Schmerz zusammenzuckte.

Plötzlich krachte etwas laut gegen die Tür.

„Ich weiß genau, dass ihr da drin seid! Glaubt ja nicht, dass ihr mir entkommt ..."

Sie starrten sich an. Eine Axt hieb gegen die Tür, dass das Holz zersplitterte. Noch wenige Sekunden und er würde durchbrechen.

„Das Fenster ..." Susan schleppte Hayden quer durch das Zimmer. „Komm, schnell! Wir müssen springen!"

Unter ihnen lag der Mühlteich wie ein schwarzes Tuch, gepeitscht von Wind und Regen.

„Beeil dich!" Susan kletterte auf den Fenstersims. Es war ziemlich tief.

Hinter ihnen schlug wieder die Axt gegen die Tür. Susan warf einen Blick zurück und sah Onkel Morris' wutverzerrtes Gesicht, das durch das bereits entstandene Loch spähte.

Es versetzte ihr selbst einen wütenden Stich, dass er einfach die alte Tür zerstörte, ihr Erbe angriff ...

„Mut und Stärke", flüsterte Susan, als sie an Mrs. Barnes' Worte dachte. „Mein wahres Erbe der Murdocks."

„Nimm meine Hand", schrie sie Hayden zu, der neben ihr auf dem breiten Sims kauerte. „Eins, zwei, drei – spring!"

Sie fielen, Hand in Hand, wie Pfeile senkrecht nach unten. Es blieb ihnen gerade noch Zeit, um sich auf das kalte Wasser gefasst zu machen, das über ihnen zusamenschlug, vorher tief Luft zu holen, und, was Susan betraf, sich die Nase zuzuhalten.

Ihre Füße versanken im Schlamm auf dem Grund und kamen dann frei. Doch Haydens Hand zog noch immer an der ihren. In der Dunkelheit spürte sie, dass er irgendwo feststeckte, sich mit den Füßen irgendwie verfangen hatte.

Sie kämpfte sich nach unten und tastete um seine Stiefel herum. Eine Drahtschlinge.

Ihr klangen die Ohren. Die Luft wurde knapp.

Susan war klar, dass Hayden seinen Stiefel niemals mit einer Hand befreien konnte. Sie musste es für ihn tun.

„Mut ... Mut und Stärke." Die Worte schienen sich

in jedem Herzschlag wie Gesang zu wiederholen, während sie mit Haydens Stiefel rang. Endlich war er frei und schwamm mit einem kräftigen Beinschlag nach oben, dicht gefolgt von Susan.

Sie durchbrachen die Wasseroberfläche des Mühlteichs mit einem erstickten Keuchen. „Maude hat keinen Selbstmord begangen", hustete Susan. „Sie hat sich in den Schlingpflanzen am Grund verfangen. Als ich ihren Körper sah, hingen sie um ihre Beine herum, doch ich wusste nicht, was es war ..."

„Wovon redest du eigentlich ...", keuchte Hayden. Sie schwammen ans Ufer, zogen sich auf die Böschung und standen schwankend auf.

„Ich erzähle es dir später", sagte Susan. „Wir müssen dich zurück zur Pension bringen und den Arzt rufen, damit er dich frisch verbindet."

„Was ist mit den Diamanten ...?" Hayden stützte sich auf ihre Schulter.

Susan fühlte sich plötzlich sehr stark. „Sie werden immer noch dort sein", sagte sie und grinste in die Dunkelheit. „Es ist kein Wasser in der Röhre."

„Heiliger Strohsack! So tief runterzuspringen. Ich hätte nie die Nerven dazu!", sagte Louise.

„Hättest du vielleicht schon, mit Onkel Morris im Nacken", sagte Alex. „Was ist dann passiert, Charlie? Sind sie noch mal hingegangen, um die Diamanten zu holen?"

„Und war Hayden okay?", fragte Jo. „Er war wohl

wirklich geschwächt. Ich hab dieses schreckliche Gefühl, dass er sterben wird, so wie Captain Treleavan! Oh, schaut mal! Ich habe gerade das Wort BODY gelegt!"

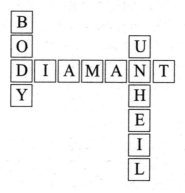

Kapitel 16

„Hayden musste ins Krankenhaus", erzählte ihnen Charlie. „Er hatte noch mehr Blut verloren und an seinem Arm war die Wundnaht aufgegangen."

„Aber hat er überlebt?", fragte Jo beharrlich. „Ich muss es einfach wissen!"

„Das Leben ist voller Überraschungen", meinte Charlie augenzwinkernd und blickte von einem gespannten Gesicht zum andern. „Und als Nächstes passierte etwas, womit Susan nie im Leben gerechnet hätte."

Charlie neigte sich nach vorn, die Hände auf den Knien, und begann wieder zu erzählen.

Susan saß im Wartezimmer des Krankenhauses, zusammengerollt in einem großen Sessel, und wartete auf Nachricht wegen Hayden.

Sie konnte wirklich nirgendwo anders hingehen, aber in diesem Moment drehten sich all ihre Gedanken um ihn. Sie hatte Angst, dass er sterben und sie zurücklassen würde, so wie jeder andere auch, den sie je geliebt hatte. Susan wusste, dass sie Hayden liebte, auch wenn sie es nicht aussprach. Es würde noch lange dauern, bis sie alt genug sein würden, um ernsthafte Pläne zu machen, doch sie würde warten – wenn er doch nur überlebte! Wenn doch nur endlich der Arzt mit guten Neuigkeiten durch diese Türen hereinstürmen würde!

Aber es war nicht der Arzt, der durch diese Türen trat ... es war Susans Tante!

Susan erkannte ihre Tante Ruth nicht, als diese den Raum betrat. Sie sah so alt aus, und zum ersten Mal fiel Susan auf, wie viele graue Haare sie hatte. In wenigen Wochen würde sie vollkommen weiß sein.

Tante Ruth ließ sich neben Susan in einen Sessel fallen. „Ich habe wegen Morris die Polizei gerufen", sagte sie mit müder, aber entschlossener Stimme. „Er ist vollkommen wahnsinnig geworden."

Sie fegte ein paar pinkfarbene Flitter von ihrer Schulter und Susan sah zu ihrem Entsetzen, dass es sich um zerrupfte Blüten des Tränenden Herz handelte, so wie diejenigen, die Maude auf ihrem Kopfkissen hinterlassen hatte.

„Was ist passiert ... als wir weg waren?", fragte Susan flüsternd. Sie erinnerte sich plötzlich daran, dass der Geist ihres Großvaters ebenfalls in dem Zimmer gewesen war. Es war Grandpa gewesen, der die anderen Geister auf Tante Ruth gelenkt hatte.

„Es ... es war furchtbar", sagte Tante Ruth schaudernd. „Morris ist hinausgerannt ... direkt durch sie hindurch ... aber ich bin dort geblieben. Ich hatte zu viel Angst, um mich zu rühren! Sie nahmen mich mit auf eine Reise durch die Mühle, den Garten und den Friedhof – ich habe so schreckliche Dinge gesehen!" Sie pflückte ein weiteres Blütenblatt von ihrem Kleid.

„Ich weiß", sagte Susan. „Ein paar davon habe ich auch gesehen." Sie hatte ganz den Eindruck, als wäre die Reise von Tante Ruth viel, viel schlimmer gewesen, als ihre eigene. „Weißt du, Maude hat sich nicht umgebracht", erklärte sie ihrer Tante, „sondern sie ist in den Schlingpflanzen am Grund des Mühlteiches hängen geblieben."

„Sie hat ununterbrochen geschluchzt und wegen ihres Babys geweint ..." Tante Ruth weinte, und die Tränen rollten über ihre schlaffen Wangen. „Ich musste wieder daran denken, wie ich mir vor langer Zeit ebenfalls so sehr ein Baby gewünscht habe. Morris hat mich immer nur schikaniert – ‚wer braucht denn Kinder? Sie sind doch nur eine ewige Plage', hatte er gesagt ... Oh! Ich bin so froh, dass er weg ist. Ich hoffe, sie sperren ihn ein und werfen den Schlüssel fort."

„Na ja", sagte Susan, von sich selbst überrascht, „jetzt hast du ja mich."

Tante Ruth sah ebenfalls überrascht aus. „Kannst du mir denn jemals verzeihen?", schniefte sie.

Susan sah sie lange an. „Solange wir die Mühle nicht verkaufen müssen", meinte sie.

In dem Moment erschien der Arzt. „Wir haben den jungen Mann wieder hingekriegt", sagte er. „Aber bevor er schläft, möchte er dich noch mal sehen."

Susan ging den verlassenen Gang entlang und stieß die Tür zu Haydens Zimmer auf. Er hatte einen Infusionsschlauch im Arm.

„Hi." Er nahm ihre Hand. „Ich wollte nur sehen, ob es dir gut geht."

Susan erzählte ihm vom überraschenden Erscheinen ihrer Tante. „Ich gehe mit ihr zurück in die Pension", sagte Susan. „Aber ich glaube nicht, dass ich ihr das von den Diamanten erzähle – zumindest so lange nicht, bis ich sicher bin, dass ich ihr trauen kann. Wenn es dir wieder besser geht, dann möchte ich sie aus der Röhre holen, und ich hätte gern, dass du sie aufbewahrst, bis ich weiß, was ich damit anfangen werde."

„Du vertraust mir?", neckte Hayden sie.

Susan blickte in seine braunen Augen. „Und ob", sagte sie, „und ob ich das tue."

„Also hat er überlebt", atmete Jo erleichtert auf.

„Na ja, er hat jedenfalls ganz fit ausgesehen, als er mir das alles letzten Sommer erzählt hat ..." Charlie schenkte ihr ein boshaftes Grinsen.

„Du meinst, Hayden ...", begann Jo.

„... war der Schleusenwärter?", vollendete Alex verblüfft den Satz.

„So viel ich weiß, ist er es immer noch." Charlies Augen tanzten.

„Er war der Mann, der uns das mit den Toilettenschlüsseln gesagt hat?", fragte Louise und wurde rot. „Ich glaub einfach nicht, dass das Hayden gewesen sein soll!"

„Nein, heute hat er keinen Dienst gehabt", lachte Charlie. „Aber vielleicht treffen wir ihn morgen. Er wohnt in dem kleinen Steinhaus bei den Schleusen. Und Susan auch."

„Also gut. Hört jetzt auf! Komm, erzähl uns noch den Rest der Geschichte", sagte Alex. „Haben er und Susan die Diamanten geholt?"

„Klar", sagte Charlie. „Und als sie sie verkauft hatten, war genug Geld da, um aus der Mühle ein Museum zu machen. So konnte sie in der Familie bleiben, und niemand musste drin wohnen – außer den Geistern von Maude, ihrem Vater und Captain Treleavan."

„Aber was ist aus Maudes Baby geworden?", wollte Jo wissen.

„Mrs. Barnes, die alte Wahrsagerin, hat Susan diesen Teil der Geschichte erklärt", sagte Charlie.

„Maudes Kind ist damals in Mrs. Barnes Haus aufgewachsen, wie ein Bruder ihrer Mutter. Er ging fort, wurde in Südafrika reich und ist dann zurückgekommen, um die Mühle seines Großvaters zu kaufen und als Wohnhaus herzurichten. Aber natürlich konnte niemand drin wohnen. Also ist er weggezogen, hat geheiratet und Susans Großvater bekommen."

„Und Susan und Hayden haben geheiratet", sagte Louise mit einem zufriedenen Seufzer. „Und sie wohnen jetzt direkt nebenan, bei der Schleuse."

„Genau", sagte Charlie. „Susan schreibt Bücher über die Geschichte dieser Gegend und Hayden ist der Schleusenwärter. Sie sind ein Superteam."

„Ich kann hier beim Scrabble TEAM legen", sagte Alex und schob die Buchstaben an Ort und Stelle.

„Wir haben fast die ganzen Buchstaben verbraucht", gähnte Jo. „Schauen wir doch mal, ob wir das Spiel nicht als Team fertig bekommen, und brauchen alle Buchstaben auf."

Alex legte WÜRDIG und IM und JOB im oberen Teil des Spielbrettes.

„Wow!", sagte Jo. „Wenn wir die Punkte aufgeschrieben hätten, dann hättest du sicher Zillionen!"

Alex zuckte die Achseln. „Ist doch easy, wenn man alle Buchstaben sehen kann."

Charlie legte EX, um ihr X zu verwenden, und machte aus SELTSAM SELTSAMES.

„Ist doch etwas absolut Seltsames, dass du dieses ganze Zeug auf ex futtern kannst und davon nie fett wirst!", sagte Jo. Sie legte ENDE. „Das steht für das Ende der Geschichte!"

Louise legte DIVA, D-ZUG und QUER. „Jetzt haben wir bloß noch drei Konsonanten, zwei Vokale, und zwei Leere übrig." Sie schob die Buchstaben zu Charlie hin. „Da. Ich kann nicht mehr."

Charlie studierte die Spielmarken einen Augenblick, dann legte sie KUSS, UNS und zauberte aus den beiden Leerbuchstaben und dem übrigen I unten links ein LIEB.

„Seht ihr", lachte sie. „Ich hab dich und dich und dich lieb!", erklärte sie und zeigte nacheinander auf jede ihrer Freundinnen.

„Genial! Teamkuss!", rief Jo, und sie rappelten sich aus ihren Schlafsäcken hoch, um sich in einem Riesengewühl in der Mitte fest zu drücken. Bei der Gelegenheit stieß Alex mit dem Kopf an die mittleren Kreuzstangen in der Zeltkuppel, so dass sie herausfielen und das ganze Zelt über ihnen einstürzte.

„Hilfe! Ich seh nix mehr!", schrie Charlie.

„Ich krieg keine Luft!" Jo kämpfte mit dem Zeltstoff, der über ihrem Gesicht hing.

„Alle mal stillsitzen!", rief Alex. Sie versuchte aufzustehen und hob dabei das Zelt wieder hoch.

„Super, bleib doch bitte die ganze Nacht als unsere Zeltstange da stehen, damit wir schlafen können", kicherte Charlie. „Du bist echt groß genug!"

„Ich krieg das schon rein ..." Alex kämpfte mit dem Zeltgestänge. „Jetzt hab ich's!" Das Zelt stand wieder als Kuppel da, ein wenig windschief zwar, aber es stand.

„Kein Rumhüpfen mehr – wir haben das ganze Spiel umgekippt." Louise schüttelte die Scrabblebuchstaben von ihrem Schlafsack.

„Ich bin sowieso hundemüde", gähnte Jo und räkelte sich.

„Und es wird kalt!" Alex wühlte sich in ihren Schlafsack und knipste die letzte Taschenlampe aus.

Einen Augenblick war alles still.

„Charlie?", sagte Louise schließlich, „Hörst du auch einen Moskito?"

„Zieh dir den Schlafsack über die Ohren", murmelte Charlie. „Irgendein Moskito bleibt beim Zelten immer übrig."

Fünf Minuten später hörte man nur noch leises Schnarchen, das Rascheln kleiner Tiere in den Büschen und das schwerfällige Summen eines sehr satten Moskitos.

Kreuzworträtsel-Gitter:

				D	Z	U	G				W			
J	O	B		I							Ü			
		O		V		U		Q	U	E	R			
		D	I	A	M	A	N	T			D			
		Y					H			G		I	M	
					N	I	E			E	N	G	E	
							I			F			S	
					S	E	L	T	S	A	M	E	S	
					P			Ö		H			E	
					U			T	E	R	R	O	R	
			N		K		N	E			Ä			
			E	R	T	R	A	N	K		T	E	A	M
L	I	E	B		E		C		U	N	S			
			E			H		S		Ä	N	D	E	
		F	L	U	C	H	T		S		L			X